U0812436

仙缘与尘缘

王安忆——著

人民文学出版社

图书在版编目(CIP)数据

仙缘与尘缘/王安忆著.—北京：人民文学出版社，2017

ISBN 978-7-02-012709-2

Ⅰ.①仙… Ⅱ.①王… Ⅲ.①随笔-作品集-中国-当代 Ⅳ.①I267.1

中国版本图书馆 CIP 数据核字(2017)第 084842 号

出 品 人 **黄育海**
责任编辑 **卜艳冰 杜 晗**
装帧设计 **汪佳诗**
封面插画 **林 田**

出版发行 **人民文学出版社**
社 址 **北京市朝内大街 166 号**
邮政编码 **100705**
网 址 **http://www.rw-cn.com**
印 制 **上海利丰雅高印刷有限公司**
经 销 **全国新华书店等**
字 数 **160 千字**
开 本 **889×1194 毫米 1/32**
印 张 **7.25**
版 次 **2017 年 6 月北京第 1 版**
印 次 **2017 年 6 月第 1 次印刷**
书 号 **978-7-02-012709-2**
定 价 **36.00 元**

如有印装质量问题，请与本社图书销售中心调换。电话：010－65233595

目 录

第三辑

第四辑

第一辑

澳门的隽文

由北岛牵线，引进第四届澳门文学节，于是，接触到这一个生活面。应该说，澳门给予的印象幅度相当大，传奇的部分无限背离真实，有谁想得到，池子里喷出的不是水，而是火，一蓬蓬冲上天。热带植物荷尔蒙，加上资本的致幻剂，人生何以堪？那影地里的背街，一个一个“押”字，就是证明。然而，另一头上，澳门且又是最凡俗，勿论其他，只说饼店里的杏仁糕，米粉的食材，质地紧密坚实，定是来自饥馑岁月储存的技术，小圆压模朴拙的图案，且像是祭器的文饰，就有了点周礼的意思。所谓小康，就是指它。这两厢，一厢是偶然性，一厢是必然性，在这博彩业的城市里，难免会和概率有涉。不过，澳门文学节却是从概率的体系旁出去，另拓立足之地，多少有些突兀。

进入文学节已是末梢，除自己承担的项目，再加几个采访，就没有听和看的余裕，可说错过了大部活动，只能在案头补课。每届文学节都有一本出版物，总题“隽文不朽”，分前后两部，前部是嘉宾们的文字，后部是征文获奖作品，因而得知征文写作也是活动内容之一。嘉宾文章中，大陆作者邱华栋所记甚详，记述驻澳一周的时时刻刻，事无巨细，却毫不觉得琐碎无聊，反是意趣盎然，不单文学节，还有澳门，都可作导览手册。其中夜饮的一节，则可当小说读，可称现代版的曲水流觞。再看征文小说，上届，也就是第三届头奖的作者名李宇梁的一篇，写的是一场交通惨祸，少女在斑马线上被不减速的汽车撞倒身亡，作为虚构的情节，事实真相并不出大意外，开车人就是女孩的父亲。这个警世型的故事让人动容，倒不在于残酷的巧合，写手们总是善于设计巧合，而是肇事者受压抑的痛楚。他不能像他的妻子，坦荡和轩昂地表达悲愤，这丧女的母亲，天都塌下来了，还有什么可顾虑的？她会立定在斑马线上，挑衅地迎向驶来的车辆；她大张旗鼓，宣传动员，举全部积蓄悬赏寻找目击者，他呢，只能饮泣。这是第一回读澳门本土的作品，不禁遗憾忽略得太久。不是说吗？文学节，还有文学，是在这城市的主流、概率体系之外，就从视线里滑了出去。后来，我又在另一本“隽文不朽”里看到他的名字，首届征文的头奖，就是他。同时，澳门基金会与中华文学基金会编辑出版的澳门文学丛书里，也有他的一本，书名为《狼狈行动》，李宇梁显然是一位成熟的作者。

再接着，就是汤梅笑了。梅笑可称旧友，但这回邂逅于文字，又结成新相识。世间就有一种缘分，总是在要紧的事上，擦肩而过。我们共过饭局，聊过闲篇，她还助解我于窘境，可是，无论从哪里入径，都偏离文章。好比文学节上，我本是安排与钟玲教授对谈，不巧钟玲临时有恙，改作梅笑，行将触及写作人生活的主题，不料主办方发错通知，开讲时间差去半个钟点，于是，诗人姚风上阵救场，我与梅笑且又是碰面于晚间的餐聚。这样的阴差阳错，我宁以为潜在某一个机枢，条件尚未成熟，需耐心等待，事情似乎涉入概率。是在这次离开澳门的归途上，翻开梅笑的书，方才知道，梅笑有一个笔名：林中英。书名为《头上彩虹》，集数十随笔而成，大约是为报刊专栏作，所以篇幅多是不出二三千，从这些短章中，我看见了澳门——不是故纸与遗迹中的历史钩沉，亦不是旅游者的过眼烟云，就是现时和现世，又不止现时和现世，而是通过一双睿智的眼睛，观明事理，洞察人心，日常物事有了欢喜，欢喜中却是短见，短见又被慈悲原宥，人海浩瀚，四顾茫然，但享些近前的快乐，也是自救的本能。在这眼睛关照之下，不自觉的人生却有了点自觉。倘若笔下有余，视野或可展开和拓进，容纳更丰沛。作为补偿，篇幅的压缩将文字滤得十分干净，干净却不是无味，而是有筋骨，这就看得出“五四”以后，从文言文中脱胎的白话文，随心所欲不逾矩。这样的文风已淡见大陆口语倾向的写作，在港台语文中则被逐步西化，方才说的李宇梁，我猜是一位青年，明显受现代主义影响，进入跨语言藩篱的世界潮流，而梅笑他们，则在某一种孤立的处境里，保持了母语的纯度。这两个世代的写作，接续着澳门的文学史，透露出过去和未来的信息，让人生出期待。

文学节创于葡国人，在演讲礼堂的四壁，悬挂葡萄牙著名作家佩索阿的插图的有限印刷品，作者是一位新晋版画家，画面以色块区隔，对比明快。前厅书摊上葡文出版物的封面装帧亦多是这样跳跃的色彩，符号化的构图。我订购了插画中的一幅佩索阿的肖像，直到活动终了也未实现成交，可见画展意不在售卖，或者，南欧人就是这样的性格，当紧不紧的，自由而散漫。文学节主旨为中葡两地作家交流，但因在地缘故，人和事都更侧重于华文，所谓“葡国搭台，中国唱戏”。回归之后，澳门留有二万多葡人，有葡文的报纸、刊物、书店，自成一个小社区，类似同乡会。你想找张爱玲《沉香屑·第一炉香》里的葡国血统的乔琪乔，事实上呢，氹仔葡国菜馆“三多士”里，那邻桌喝酒聊天的老板，纯种的葡人，说满口葡语，姿态表情却全不是客边，既无殖民者的倨傲，也非寄人篱下的卑屈。文学节的主办者，曾留下前届嘉宾严歌苓三月之久，希望为澳门画像，果然写成，长篇小说《妈阁是座城》，这座城是赌城。到澳门，纵然是文学节，究竟绕不开博彩，几乎就是澳门的代名词。

在赌场穿行，最好笑的是“百家乐”赌家揭牌的手势，从一角开始，揭，揭，仿佛揭的不是牌而是身家性命，不敢揭，又不敢不揭，吉凶全在一揭中定夺。运命的总量不变，如何分配厚薄，谁也说不清，这就是概率了。

从文学节出来，到澳门大学郑裕彤书院住校，餐厅打饭的小姑娘有一日问我：老师，你说现实重要还是理想重要？想了想回答说：都重要，没有理想，现实没有目标；没有现实，又到达不了理想，具体到个人——她是珠海人，一直从事餐饮业，她说：我的优长是调制咖啡，曾经在一家大公司里做，后来辞工和丈夫在广州开店，真看不出她已婚，形貌就像一名在读大学生——咖啡店开了不久便倒闭，赔进几万块钱。现在供职的这家餐饮，生意规模小，管理也欠专业，只是澳门工资高一二成，又包吃住，但食堂是两头忙，中间有三四个钟点闲暇，因澳大地处偏远，又是新校区，找不到第二份工。我建议她先积攒本钱和经验，准备好条件，再开茶餐厅，这就是现实和理想的关系吧！我们又讨论了开店的地点，大三八一带固然市口好，可地价十分昂贵，不宜作事业的起步；澳大这边呢，眼下还看不见勃兴的迹象，最后，我说：你很聪明，一定会有好的生活！结束了谈话，起身离开，身后传来她的声音：老师，聪明不如勤劳可靠！回头看，她又强调一遍：还是勤劳更可靠！仿佛又是一道概率题，随机事件发生的可能性的量的比较。这大定律覆盖了博彩和博彩以外的人生，要说差异，大约就是不自觉和自觉。倘若命运是谜语，澳门就是谜面，要再牵扯进来李宇梁和梅笑他们，勿论同意不同意，我都以为是解谜人，徒劳中，结出另一枝果实。

2015 年 5 月 17 日　　上海

后革命时代的风景

从布拉格往布达佩斯，大约三分之二的距离，就是斯洛伐克的首府布拉迪斯拉发。原计划作长途火车中间的休憩，略事停留，不料想，全程并不及理论上的九至十小时，而是七个小时，并且乘运舒适，窗外景色宜人。冬天的落叶林，映在天空，疏阔清朗，有一段蒙着薄雪，雪地里有摄影爱好者支着三脚架，往镜头里凝视，等待某一个角度的光照。不觉中，时间过去，路途也过去，视野渐渐变化，土地的颜色似乎黯淡了，上面的覆盖也趋向薄瘠，建筑物凋零和颓旧。很明显，已进入斯洛伐克境内。不禁有些懊恼，分明还没乘够火车，而布拉迪斯拉发，本可以忽略不计的。

欧洲所有的火车站，无论大小，都保持着蒸汽机时代的面貌，人在其中，仿佛置身黑白电影，布拉迪斯拉发也无二例。从规模看，与其说首府，倒接近外省。不仅在于建筑和街道的容积有限，更因为人群，脸相与表情多有相似性，就像来自同一个乡间。找到出租车站，所谓出租车站，就是几辆出租车散落在公交车的站头。上去一辆，出示酒店地址，司机熟练地左右几转，驶上大街。司机说一口流利的英语，先问来自哪里，再致欢迎辞，然后指点窗外。大冬天的，一片肃杀，这一条大街定是新开路，平而且直，两边无非是市政厅，新老房子，远处的古堡，车一拐弯，只听一声高呼：多瑙河！一条大河出现左前方，河面宽阔，既不似圆舞曲中的旖旎多姿，也不像罗马尼亚电影《多瑙河之波》里的繁忙活跃，而是苍茫。此时，司机开始介绍我们的酒店——原名卡尔顿，后加入美国雷迪森酒店集团，就叫作卡尔顿-雷迪森，美国大使馆就与酒店相邻。话音未落，车已停下，全程至多五分钟，还不知道有没有绕道。一按计价器，赫赫跳出十七欧元，让人傻眼了。

这一路旅行城市，所涉捷克，斯洛伐克，匈牙利三个国家，唯斯洛伐克加入欧元区，其他两地都继续持原有货币，机场车站设有换钱窗口，币值之间的互算也相当麻烦。到达布拉格的晚上，将一把硬币全撒在出租车司机手上作小费，那汉子脸上立马绽开笑容，就知道给多了。然而，对欧元的概念还是清楚的，这十七元车资实在是离谱，明摆是斩客。可是，斯洛伐克司机的眼睛无辜地直对着你，计价表上的数字也无辜地对着你，除了交钱还能怎样？给出一张二十元的纸币，他找回两个一元硬币，留下一元作小费，毫不把自己当外人。算进方才一路的导览，才能轧得平这笔出账，于是，最后说一句：你是个好导游！

酒店外形是巨大的立方体，省略细节，不同于后现代炫耀性的简约风格，而是社会主义生产型城市的遗痕，内部富丽堂皇，全然北美式的阔绰。前台小姐着职业装，妆容精致，看人的眼光却有一种鲁直，透露出地方性的质朴。标准间客房宽敞极了，可谓铺张。隆冬时节昼短，下午四五时许，天已擦黑，绰约看见美国星条旗垂挂。灯光溜冰场上，男女孩子滑行旋转，冰鞋与冰面的摩擦，锐叫与笑声，在空廓的暮色里，反增添了寂寥。气温很低，在外不能久留，仓促间，推进一间酒廊，黑极了，定下神，渐渐看见烛光里的年轻脸庞。背景音乐是美国爵士，老板，一对小男女，操熟练的英语，调酒和招待。类似的酒廊还有几间，分布四边，应是布拉迪斯拉发的“三里屯”，只是规模小得多。和许多城市一样，最大和最亮的招牌是肯德基和麦当劳，壅塞着年轻的吃客。无论鸡腿还是汉堡，都给人缩水的印象。若不是炸过头，就是油锅反复使用，表面发暗，仿佛隔宿。现代食品工业的标准化模式明显在后发展地区变形。买了鸡腿回酒店，溜冰场上已无人迹，灯盏兀自亮着，空气在结霜，天庭高远，有一种广漠的静谧。同是寒带，布拉格的夜晚全然不是这样。布拉格就像一个玻璃器皿，传统车料的工艺，金刚钻的刀具切割成无数的面和棱，将光线折射来折射去，晶莹璀璨。视觉的余光里，流萤飞蹿。据说，我们逗留的一周，超乎寻常的暖和，也遇到一场雪，但在当地人看来，只是小意思。虽是旅游淡季，但游客依然络绎成阵，尤以韩国人多，因有一部著名韩剧《布拉格之恋》，于是，吸引来年轻男女。到了布拉迪斯拉发，景象不免荒凉了。

第二天早晨，散步多瑙河边，这浪漫的抒情想象很快被凛冽的寒冷逼退回来。河面上刮过来的风，刀尖般锋利，穿刺大街小巷。是体感导致还是事实如此，整座城市蒙着霜色，一层冻白。几条背街蜿蜒在坡上，石阶步行道两边，房屋挨房屋，显现出山区的地形。不由想起阿尔巴尼亚电影中的地拉那，那是“文革”中的西方风景。循自然地貌布局的城市，被社会主义发展生产的笔触横切，公路，厂房，火柴盒式的住宅楼、宿舍区……然后，世界资本模式再次覆盖，商圈，写字楼，高速公路，高架桥，携带汽车发动机轰鸣，凌空而降，紧贴古老的修女院，就是高速的匝口，隔断入径，可见出现代化的迫切，以至于粗暴。

作为国家历史的象征，城堡列在古迹名胜的榜首，不知道得益于保护，还是后来的修复，城堡主体基本完整，周围新添场馆、花园、雕塑，占满山头，于是，又有了眺望的观景平台。还是人少，为购买门票就颇费周折，来回在建筑物和庭院之间。推进一处平房，内部装修成乡村木屋，两名身着民族服饰的少女坐在桌边做手工，货架上摆着旅游纪念品，看来是礼品部，或许兼售门票，问过去，回答很斩截：没有票。再问哪里售票，就不再回答。是倨傲，还是计划经济服务行业的余韵，抑或只是一种质朴，不惯与陌生人搭话。最后，检票口的女人示意跟她走，走出一段，交给迎面过来的另一个女人，继续下一段路程。带游客买票不是她们的义务，所以更可能出于同情，两个摸不着头脑的外国人，还有好奇。就像那类爱管闲事的大妈，眼睛直逼逼看着你，有无数问题，可惜言语不通，心痒痒的。

买了门票，进入凭票参观的部分。和这一路过来的博物馆、纪念馆、名人故居的经验差不太多，内容常是拼凑，不免单薄。所以逗留不去，主要是为取暖，窝在软和的坐垫里，颠来倒去看视频。视频有两出，一是卡通，描绘古堡抵御外侵的故事，造型和动作可爱有趣，叙述也简洁清楚，想来出自年轻设计者的创造。另一出就比较严肃了，是一部纪录片，记述城堡发生过的重大历史事件。片子从苏联坦克进驻城堡脚下开始，结束于克林顿与普京携手踏上城堡内的红地毯。这一个周期多少是费解的，说是从终点回到起点不尽然，二次否定说也未必解释得通，因缺乏进步的依据，与马克思唯物史观不尽相符，倒比较合乎资本主义终结论；从民族国家角度看，斯洛伐克脱离捷克，却投向世界两大巨头，亦可视作走进全球化，同时呢，似乎更丧失独立性。

这一日的下半天，说实在有些无从打发，就是从室外到室内，再从室内到室外。从午后起，天就阴得越来越重，即便大中午的，气温也没有提升的迹象。是寒冷，或是人口本来稀少，市面萧条。商业步行街人流略呈熙攘，脸色与衣着多是灰暗，尼龙面料的羽绒服看上去极可能是低价倾销过来的中国制造。大陆货的国际品牌，总有点造假的嫌疑。冻得索索抖的小丑装束促销员派发小广告，人们接过来转眼扔了，一地都是。老城里有一处街头雕塑觉得眼熟，半开的窨井里爬出水暖工半截身子，原来在上海电视节目里看过介绍，说明这城市正致力开发旅游业。枯乏中却有一样，称得上繁茂，就是书店。三五步便有一间，单个门面，橱窗陈列与灯饰小巧精致，书本很受爱惜地打开或者合拢，平躺和竖放。这样的书店通宵亮灯，仿佛夜的眼。商场里的书店则占据一整个二层和三层，以文史哲为主。找到英语书架，其中就有中国当代作家的译本。书店内的明亮甚至华丽，与萧索的外景形成对照。转角处和过道口的沙发椅，有单人有双人，坐卧咸宜。有位老人在布置读者见面会的场地，耐心和仔细让我宁可以为就是作者本人。自发现以后，这书店就被用来避寒与歇脚，每一次从这里出发，试图去探寻奇遇，落空归来，休整了再出发。

进出往返，到底还是有发现。一条小小的画廊街，举办不知名的艺术家的展览，作品全是抽象的概念画，绕过传统写实长驱直入现代潮流。画廊街过去，是公共图书馆，一推门，聒噪声扑面，就像进了鸭寮，门厅过道壅塞着孩子，从储物柜掏取书包外套。就在此时，仿佛帷幕拉开，一幅图画展现眼前，却是无限宁静。那就是小说《日瓦戈医生》里，日瓦戈与拉拉邂逅的阅览室。恍惚间觉得，布拉迪斯拉发就是书中那个西西伯利亚小城，乌拉尔尤里亚京。从地理位置看，乌拉尔山脉在东欧平原和西西伯利亚平原之间，应是向斯洛伐克接近，日瓦戈一家，离开革命中心莫斯科，乘火车跨越遍地烽火的几千公里，历尽艰险，往尤里亚京郊区，他岳丈家的旧庄园瓦雷基诺避乱，进城办事的时候，偶然发现市政图书馆。从此，进城变得频繁，因为有了书。这外省小城就像狂飙的风眼，又像是洪流中的孤岛，被历史遗忘，因而保持着生活的常态，这安详的景象最终又集于某人一身，这个人就是拉拉。

从图书馆出来，继续溜达，见有一辆小车，停下在街边，走出一对中国夫妇。开车的司机兼任导游，不知是驻外机构雇佣的员工，还是旅行社地陪，表情谦恭，介绍和拍照，复又上车，一溜烟开走。显然，这里只是观光的过路。沿街走一段，溜冰场出现眼前，就知道回到所住酒店的“三里屯”区域。相比较而言，这一片更像中心城区，有剧院，电影院，五星级酒店，酒廊，麦当劳……从剧目表看，今晚正有一场音乐会，演出贝多芬第九，便去买票。前门关闭，绕到背面。天光有些明亮起来，甚至从阴云里透出太阳。后门开着，门廊里有一个女人在清扫，墩布将地面拖得很亮，这又让人想起拉拉。日瓦戈去找她，穿过纵横巷道，要找的人兀地出现眼前，正在井边打水，发上的头巾被一阵风吹落。从女人身边走过，并没有受到阻拦，可是票房锁着门，剧场里悄无声息。

再次去剧院天已向晚，按常规，票房开放，退票也到回来的时候。可是，正门依然紧闭，还是绕到后门，直接走进。这一回，票房有人了，说话声在空旷的门廊激起回音。推开门，要求买票，一位年轻女性，看起来是做主的，回答说不对外，明天再来。可是，我们明天就要离开，并且只需要两张票。回答说内部演出，非公演。再请求，她失了耐心，说一声：没有票！转过身去不再理睬。这里人的拒绝都有一种斩截，多少是鲁直，而在这一位，则又多一点权力的意味。从她职业的穿着与态度看，若不是演出经纪公司的人，就是官方。悻悻原路走出，外面已经黑到底，冰场上还有人影。商量一时，决定转换方向，看电影去。影院的门也锁着，街边流连约十分钟，一个女人来上班了。开门，上楼，到三层，选一部美国片，科幻加打斗，海报上看炫得很，并非所爱，只为消磨时间，寒带的夜晚太漫长了。可是，那女人——此时担任售票，既不接受信用卡付款，也不肯为一百欧元找零，不作任何解释，只是严肃地逼视我们，这样的逼视也是共同表情之一。这一桩计划不得不取消，又回到街上。一晚上两次挫败在晚饭时得到补偿，奶油蘑菇汤浓稠鲜美不说，异乎寻常的量足，腰鼓形的瓷罐，每人一份。惊喜之余，不无阴暗地猜测，反正不上客，剩余的锅底处理完毕算了！辽阔的餐厅除我们外，只有一对谈事的女人，点了咖啡，没有打算用餐的迹象。这天晚上，电视里转播了音乐会实况，场面庄严，听众全着礼服，像是一场典礼。

次日清晨，去早餐室，偌大的餐厅，寥寥数人，多是美国商务客人。邻近一桌几个男人热烈地谈天，传来只言片语，大概是交流前一晚的艳遇："那么多、那么多的蜡烛！""她的微笑呀！"然后，很奇怪地，"她"对他说："早上好！"为什么是"早上好"而不是"晚上好"？这里的早晨，也许就是从晚上开始。吃毕早餐，结账退房，有来时的教训，决定步行去火车站。本来人少，大早上更无人，火车站的塔楼就在视线以内，向它走去没错。有一段偏离，目标被建筑物遮挡，正犹疑，身后过来一队孩子，年龄大概在学前，带领的女教师更像是幼儿园的保育员。上前问路，女教师笑而不答，多般解释无果，于是侧过身子，摇动手臂，嘴里模仿车轮声响：轰隆嘁嚓，然后，呜——女教师笑得更慈祥了，高高抬手，一指前方。我觉得她不是听不懂我的话，而是在给她的孩子们上课，意思是：看，这个外国夫人正向我们表演，什么是火车！当走进车站，寻找站台，迎头又遇上这帮孩子，呼啸而去。原来，女教师正是领他们参观火车站。少年先锋队的课外活动传统还在继续，从社会生活中学习认识事物。方才的路遇，可说是计划外的配合。火车是工业化的象征，体现出生产力与生产关系的进步，好比高速公路是现代经济体的表征，铁路工人是组织严密的无产阶级集团。在布拉格火车站，遇到过一个志愿者，年纪在六十到七十，身体敦实，穿蓝布短棉制服，蓝布棉帽，终日徘徊在火车时刻的液晶屏幕底下，可以准确回答每一次列车发车的时间和站台，并且有过目不忘的认人本领。前日看见我们去查询，告诉道：开往布拉迪斯拉发过路车停靠三号站台。第二日再遇见，立刻报出：维也纳，三号！只有一个错误，就是去往地名。够神奇的了，每日里，有多少人从这里经过啊！也许就是传说中的“火车迷”，但更可能是一名退休的铁路员工，就像苏联小说《茹尔宾一家》或者《叶尔绍夫兄弟》中世袭的产业工人。

火车启动，车厢宽敞明亮，座位充裕，上的少，下的多，到匈牙利边境，只余三四人。景色从萧条渐趋丰饶，色彩越来越鲜丽，建筑物的样式也新颖起来。土地平坦，冬令世界，看不出植种，但树林明显茂密。这一日惊喜连连，第一，普通车厢甚至比没有定上的一等车还要舒适；第二，原定酒店不包早餐，却因旅游淡季，赠送早餐；第三，过到对面老布达吃了一顿典型的匈牙利炖牛肉，老板体贴地建议两人点一人份足矣；第四，饭后出来，链子桥上的灯亮了，犹如行走天河。在布达佩斯三天日程，吸取先前观看纪念馆的经验，决定全用来看戏，不作他想，这决定也是对的。

在布拉格总是绕不过去名人故居，卡夫卡排第一位。布拉格很认卡夫卡，却不怎么认米兰·昆德拉，后者似乎没有给这城市留下什么记忆，卡夫卡的照片随处可见。当年他父亲的肉铺子现在是卡夫卡书店，不远处是故居，需买门票，五十克朗一人。所谓故居不过是一间披屋，进门就要碰壁，陈列几张照片，几行生平事迹。女馆员说是卡夫卡的出生地，令人怀疑，狭小不说，还没有任何生活的痕迹，一个肉铺老板的家不至于清贫如此，问题在于从革命中可能保持到怎样的程度。接下来的遭遇大致差不多，时间主要花费在寻找途中。著名的德沃夏克纪念馆鲜有人知，后来进到一个小旅馆，前台的年轻职员上网搜索，方才有了方位。这是一个安静的住宅区，不像卡夫卡家，在喧闹的市井。路人很少，也看不见公共场馆的标志，再问人，又是不知道。茫然之际，一位快步走过的女性，听见我们的问询，回头指点，原来就在五十米开外，独立于庭院一幢小楼。其实与德沃夏克的生活无甚关联，而是后来辟地建立，研究协会一类，所以更像是机关。内容依然乏善可陈，票价依然五十克朗，倘要拍照，再付三十，然而，有什么可拍摄的呢？在计划经济里贻误了资本发展的飞跃阶段，方一走进市场，多少有迫不及待之感，难免地，就像中国人说的，掉进钱眼里。姆哈美术馆略大和丰富一些，因是捷克国宝一级的人物，从镶嵌、装潢、戏剧海报开始艺术生涯，于应用设计有所贡献，最好的例子是，捷克斯洛伐克的纸币就是他的作品之一。我以为，他的装饰性风格可能来源于捷克的传统手工业，玻璃，然后又反哺玻璃制作。对于一位国家功勋艺术家，馆藏就又显得单薄了。斯美塔那博物馆的寻觅有“蓦回首，此人却在——”的意境。天下着寒雨，灰蒙蒙的河面上停着江鸥，按旅游手册指示，沿河几个来回，亦无结果，便进咖啡午饭。出来时，忽看见，“斯美塔那”就在咖啡馆贴邻，退一步的地方。还是五十克朗门票，三十克朗拍照，而无甚可拍。旧照片和乐谱手稿，还有演出说明书，占去三分之二面积，余下三分之一是饰演作曲家歌剧的美国女演员爱弥的介绍，一个多才多艺的红粉知己，相对于音乐家本人，她的资料倒有些多了。四壁之间的空地，立着几具谱架，女馆员过来，出示一支指挥棒。棒上排列按钮，显然是个遥控器，对准某具谱架，就有某部作品播放。女馆员一径往我手上递送指挥棒，我一径后退，生怕触及按钮，又要付钱。最后退到墙脚，女馆员轻叹一声，自己在指挥棒上按下，顿时，乐声响起，《我的祖国》第二乐章“伏尔塔瓦河”，仿佛一条大河，波涛涌起，灌满天地，真是要叫人落泪的。

与博物馆的索然相比，查尔斯大学廊柱前的画面则生气勃勃。布拉格之春中，自焚的大学生殉难处，奉献着鲜花与挽词。年轻男女全是身材颀长，长相秀美，来来往往，阴霾的天气因此变得明亮起来。

2012 年冬季的后革命景象，在另一个空间继续展现。一年半以后，2013 年暑期，去伦敦，正值莫斯科大剧院芭蕾舞团巡演于柯文特花园。莫斯科大剧院曾于 1956 年和 1963 年来到英国演出，时隔整整五十载，女皇登基庆典年第三度来到。1956 年和 1963 年是赫鲁晓夫执政，也就是我们称之“修正主义”的时期，苏共对内批判个人崇拜与极权主义，对外开放，两次伦敦巡演显然与这大背景有关。说明书有一页刊登 1963 年的演出海报，演出季从当年 7 月 1 日至 7 月 27 日整四周时间，剧目为古典名品《天鹅湖》《辛德瑞拉》(水晶鞋)《罗密欧与朱丽叶》和一九五九年苏联原创四幕舞剧《驼背的小马》。与 2013 年比较，《天鹅湖》依然在，芭蕾史上的纪念碑，票房的先生说，舞台与演出是全新，美不胜收，炫极了！其时，各出剧目都有余票，我们决定先外出走一遭，回来再买票。第二档《睡美人》，第三档是巴兰钦的一个作品集，头天演出，次日大小报纸一片赞誉。我们就在此时回到伦敦，一早跑去买票，已经晚了。不仅这一档，连同下一档全部告罄。票房未开张，已排起一列等退票的队伍，赶紧加入进去。等待退票实是有风险的，很可能一无所得，时间却耗去了。维持秩序的员工一劲鼓舞，订票人临时有事，票子就又回到票房。可谁说得准呢？一小时以内，只回来一张票，排在队首的年轻人被领去付钱，后面的人鼓掌欢送。又有些时间过去，这次回来两张票，座位分开，但在同一场，最合乎我们的条件。人们眼巴巴看着，希望我们要下来，就可缩短队列。一位夫人看出我们对剧目犹豫，劝我说：先要下这两张，再重新排队等你要的巴兰钦。所以，我们要下这两张票的同时也就丧失队伍中的排序，这排序只能使用一回。迫于时间和几率的有限，最终还是要下，退出队伍。这就是2013年伦敦演出的第四部，亦是苏联原创剧目，剧名直译为《巴黎的框架》。

这部舞剧说实在陌生得很，创作于1932年，作曲者为阿萨菲耶夫，当时苏共音乐家协会主席，斯大林奖获得者。以这位艺术家的官方身份，创作舞剧的时间，大致可推出题材的类型。故事可分三部分，第一部分是“白毛女”，第二“红色娘子军”，复杂是在第三——“喜儿”来自贵族家庭，在革命根据地，这个假想的小城以诞生于法国大革命的国歌命名，叫作“马赛”，大约就是剧名“巴黎的框架”的来源，马赛城里，传来家乡解放的消息，父亲上了绞架，家仆逃来，指认“喜儿”的出身，“喜儿”且不能斩断亲情，于是也被新政权判处极刑，“大春”怀抱断头台上滚落的爱人的头颅，这就又成了苏联电影《第四十一个》。这经典资本主义的殿堂被革命歌舞的狂潮漫卷，全场起立，报以热烈的掌声，经久不息。邻座的一个日本还是韩国女生，大约是学舞蹈的，一只手的手指抵在另一手的手掌，表示足尖的着力点，喳喳喳说个不休。人们被演员们的舞技折服，也被音乐裹挟，传统的调性确实比现代无调性音乐更能说服感官，甚而至于忽略情节里的暴力本质。引我注意的是，无论创作时间还是政治体制或者国家意识形态战略，这部舞剧不都更应该出现在1963年的演出季吗？事实却是五十年之后的2014年。冷战结束后的全球化格局具有如此强大的包容力，可将差异和对立全都一锅端。

2014年夏季的柏林，波茨坦剧院上演新创音乐剧《地平线背后》。故事出自当下现实，说的是东西德统一之前，有一位西柏林摇滚歌手乌豆，乌豆确有其人，亦有其名，依然在世。上世纪八十年代初，乌豆来到东柏林，举办一场歌会，囊获无数粉丝，与其中一个姑娘坠入情网。面对年轻人对乌豆的疯狂追逐，民主德国的宣传部门专对这一现象进行研究。这一场景处理的用心很明显，除一名教授专家和女士着便装，其余都是军服，围桌而坐。女士向大家介绍乌豆：虚弱的声音，猫一样歪扭的舞步，然后决定创作一台社会主义的文艺节目，占领舞台。这一场是音乐剧里谐谑的格式桥段，应聘前来的考试者各献其能，出尽洋相。与此同时，乌豆与东德姑娘的爱情越演越烈，约定乌豆巡演到莫斯科时候见面，不想，事情泄露，幽会当口，秘密警察来到，带走姑娘。下一幕，就是审讯和招降，观众席里，遥对舞台，缓缓升起热气球，载着乌豆，扶摇而上。乌豆在歌唱，专为他的姑娘而唱。这浪漫的高潮是以格外的平静表现，歌声舒缓，变得辽远，全场屏住声息，上半场结束，休息。下半场的开头是一段纪录影片，柏林墙拆除的夜晚，人流滚滚从东部涌进西部，跨过断垣，叫喊，跳跃，欢笑，流泪。画面放到最大，撑足天幕四角，片长亦有一个场次的时间，影片结束，继续舞台上的故事，就仿佛从历史转折点回进日常生活，存在的普遍性问题接踵而至：饮食男女，文化适应，精神归宿……与乌豆一夜情留下的儿子长成少年，追寻身世之谜，然后就要访问生父。期待中星光熠熠的父亲已成老者，借《教父》中马龙·白兰度的老黑手党塑形，声音嘎哑，行动迟缓，对当年的爱情记忆淡泊，眼前的儿子则让他着实吓一跳，但是，年轻人的热情激发了他，活力重新滋长，在瞻望前景的歌舞中全剧结束。

后革命时代的风景还有一个小小的赘尾，其时，正是马航 17 被击落，俄罗斯受到全世界的质疑和谴责，首批经济制裁的名单上，德国企业占大半，有三十万人面临失业，接着，北欧停止对俄食品出口。那几日，BBC 滚动播出普京的动员宣讲，号召国内人民奋发图强，自力更生，社会主义建设时期的老电影重新放映，当年的劳动英雄对着镜头发言。总起来一句话，借用苏联电影名：莫斯科不相信眼泪！

2015 年 6 月 15 日　上海

湖区·中国人·波洛

平心而论，英国湖区景点的勃兴，中国旅游者功不可没。

从爱丁堡乘火车到奥克森哈姆，再要搭二十分钟一程车，方才抵达湖区——温德米尔。我们在上海旅行社购买的通票是中国独家发行，除去铁路员工，谁也看不懂，唯亲历实践方能明白规则。其实是一种以日计价的交通凭证，敲一章，用一日，无论乘和不乘，短乘长乘，二十四小时内均有效。临近奥克森哈姆，列车广播就专门提醒中国人，去湖区在此换乘。火车停靠，拉开门，一眨眼工夫，小站上满是我们的同胞。站台敞开在露天下，阳光里，蜜蜂飞舞，路轨蜿蜒，草木闭合中隐去，那里就是湖区。只要举一个例子，就可证明中国人的多，我竟然遇见复旦的同事，外语学院的谈峥，简直不能相信自己的眼睛。他表情平静，仿佛对这概率极低的事件早有准备。后来发生的种种，大大降低这不期而遇的传奇性，使它仅只成为一个小小的预演。

好，与谈峥告别，他出湖区，我则进湖区。火车来了，每扇车门都壅塞着上或下的中国人，车厢里也是，忙乱着安置行李和寻找座位。忙乱尚未过去，却已经到站。人群在站前的空地上很快疏散，旅行团被大巴带走，本地人与背包客搭公交离开，还有直接租借自行车上环湖游路途，剩下的就在出租车站前排起一行短队。等一时，来一辆，又等一时，来第二辆，之后，等的就长了，再看不见出租车的影子。排在前面的是一个中国家庭，唯一的男性成员伤了脚，由两名女性成员左右架着，悬着伤脚。有双层大巴来到，停了停又开走，车站里没有人，穿过洞开的门看得见站台，亮晃晃的。终于来了一辆出租车，正是第一辆；接着，是第二辆。就两辆出租车来回接送，也够使了。坐上车，在坡道上起伏。路边尽是树木花草，掩映一幢幢房屋，或圆顶，或尖顶，凡岔道口都立有酒店的招牌。顺其中一条路上去，就到我们预订的那一家。同时入住的也是一对中国夫妇，比邻而居。房间是在顶层，带一个斜角阁楼。住过伦敦逼仄，只觉得上下左右都是自由空间，可尽情舒展手脚。推开木窗，一片葱茏，鸟的啁啾盈耳。这时就理解英国小说里，乡间和城市的阶级差异，前者是有渊源的贵族，后者是胼胝手足的资产阶级。阿加莎·克里斯蒂著名的《尼罗河上的惨案》，富有的林内特从破产贵族手里买下的查尔顿伯里庄园，历史可追溯到伊丽莎白时代，用心多在洗白暴发户的身世，好比买个爵位。庄园地处莫尔顿，在湖区的东南面，三百公里处。坏小子西蒙出身乡间，伦敦东南方向的德文郡，正在英吉利海峡与大西洋间的犄角上，风光一定极好。小说称他为“名门子弟”，但是“很穷的名门子弟”，不得不在伦敦商业区事务所工作，在我们看是“白领”，于他则是落魄了，然后和女友杰基联手杀人谋财，拾回失去的伊甸园。

从旅馆走出，沿公路向右手转，二百米光景就看见湖泊。水面很广，一眼望去，四下渺茫，似在原始之中。只温德米尔一小段湖畔开发商业，用地也相当局促。酒店、餐厅、游船码头、儿童乐园，挤簇在一团。从旅游图看，路线各是引向周边小镇，途经牧场、树林、山丘，人文景点最著名的就是诗人华兹华斯故居纪念馆。湖边休憩的天鹅追赶着游人，下啄极狠，毫没有诗歌与音乐中的温柔，而是剽悍粗野。这天余下的时间只够在温德米尔镇上打食。选择很有限，观光客大半已经离开，因此饭店也多打烊，少营业。寻到两家中国餐馆，一家关门，一家被旅行社包团餐。超市里有旅游者购买半成品的食材，想是住青年旅社或家庭客店，提供炉灶，可自做饭菜。巡回几遭，终遇见一扇洞开的门，门里桌椅整齐，却没有人，不知开不开张，或者又是包了团餐。正要退去，却被拦住，一个黑发红裙女孩，殷切切地往里邀请。原以为是站在街上看风景的，不想是老板本人，来自捷克，供应意大利餐。苏东解体以后，四处可遇来自那里的年轻人，伦敦皇后街有一家香港烧鸭面馆，橱窗里奋力拉面的就是俄罗斯人。

正吃饭，忽听身后响起声音道：你们在吃什么呀！以为又遇见熟人，回头去，是一对中国母女。老乡见老乡，要说熟人也没大错。亮出盘子里的吃食给她们看，同时赞誉几句。老板早已将菜单塞进母亲手里，小姑娘，大约十岁左右，一点不怯生，显然跑过不少码头，瞅见菜单上披萨饼的图画就说要吃。那母亲则把菜单塞我手里，让代她点菜，因“看见英文菜单立刻就头晕”。她们早一天来到湖区，已经吃遍镇上所有的中国餐馆，所谓全部就是除我们造访的两家之外，还有一家。这第三家，“美食我和你”，名字里有一种融融的亲情，且清蒸鱼为首推，其次是另一家的黑椒炒饭，还有一家则以咖喱煮物见长。她详细推荐各家中国餐馆的菜式，作为帮助点菜的回报。然后，第二个议题来了，关于一套西式餐具。镇上有一家杂货店里有一套餐具，总四十四还是四十五件装，镀银表面，文饰美观，价格九十九欧元，称得上价廉物美。只是携带沉重，她一个人，要照顾小孩子，还有几处逗留，然后才从伦敦离境。左右思忖，难于抉择，希望听听我们意见。我给出个建议，弃下木盒，将餐具分散卷在衣服里。她不同意，因盒子是配套之一，也很重要。我又建议，与店家商量，邮寄到伦敦。她觉得这是个好主意，就不知道店家如何计收邮资，倘费用上去，性价比不又下来了？我则认为店家很有可能免邮费，存货出净——不说是最后一套吗？就好进新品了。最后达成一致，视免不免费而定。也是作为回报，她开始介绍游湖的要点。每条线路的主要项目之外，还包含有许多零碎细节，稍不留神就会错过，她们已有教训。说话间，我们这边结账，她们的披萨也来了，小孩子兀自开动，就起身要走，她却不让，严肃道：我说这些，是为你们明天玩好，要是不听，漏了景点我可不管了！见她如此为我们负责，只得留下来继续听讲，终于告一段落，拾起刀叉用餐，吃进一口便叫：太好了，点对了！继而邀请道：要不要来一点？这话说的，连她自己都笑了。初到湖区的一日，在乡谊中度过了。

第二天，湖区游览正式拉开帷幕。共有红、蓝、绿、黄四条线路，随机买了红线船票，登船往北去。晨光明媚，沿湖酒店餐厅酒廊全开张，咖啡座漫坡铺开，旅游大巴载来一车车的观光客，码头上排起长队，气象蒸腾。船在湖面走一个弧度，离开喧闹的岸边，于是看见水域的深邃，礁石嶙峋，芦苇丛生，一旦接近陆地，色彩又变得亮丽，噪声亦随之而起。下船后，被同船的旅伴拉拽上一辆游览车，这倒有些像中国禅语“百年修得同船渡”，略一搭讪，便成交道。游览车带到小城安布赛得，和欧洲腹地所有的小城一样，精巧、清洁、安静，以至于有些闷。街上游荡的，多是我们这样的旅行者，被游船放下码头，或搭车或步行过来。城里流连半日，中午饭吃的泰餐，临街的门旁立有神像，玄关幽暗，里面却有想不到的宽广与华丽，竹制椅案，桌旗、靠垫、茶巾全是中间色的绸缎，烛光流淌下来，有一种奢靡，既古老又现代。神龛中供着香，想是泰香，轻烟缭绕。店中只一名男子照料，身材很高，南太平洋族群的宽额隆鼻，浅褐颜色，神态安详，像观音，又像雅皮。上客率几近零，仿佛早有预计，饭点极简，唯二三种配餐。男子亲下厨烹制后端上。盘碗的形制与画案都有设计风格，说是食用，倒更在观赏。以此来看，小镇并非印象中那样与世界隔离。吃完饭，步行回码头，路途所经，全是绿茵茵的草地，牛羊散布，或立或卧，吃草和反刍。等船靠拢，下客，有一些不下，来回巡游看湖，坐我身边的一位夫人就是。见她孤身一人，总少些游玩的乐趣，就提议帮她照相。接过照相机，找不到液晶屏，踅摸一时，方才见左上角有一小孔，多么老式的照相机啊！她先问我来自哪里，又告诉她来自苏格兰。我们刚从爱丁堡来，也曾遇到一位亲切的夫人。我们无目的乘坐公共汽车，东张西望，哪里有意思就哪里下车，背后忽过来一位夫人，递给一张宣传品，上面写着假如你在婚姻中遇到麻烦，请来找我们。不由吓一跳，这么短的时间，就看出我们的婚姻有问题吗？看见我困惑的表情，夫人立刻解释不必在意这张传单，她只是顺手拿来写下电话号码，有任何需要随时可致电于她。随后，建议在某一站下车，那里是古老的渡口，可看见海，下车前特地交代司机提醒我们到站。这就是热情好客的苏格兰。船到温德米尔码头，这一回老太太下船了，再次、再次地道谢，然后分手。这一日平静地过去，回酒店的路上，稍作徘徊，注意到多处贴有告示，请旅游者不要打扰居民的安宁。果然，前后都是民居，后窗传出厨房烹煮的气味，还有小孩子的吵闹。退到路径上，进入酒店区域，前堂逗留一时，看各种张贴图片，电梯口亦有一张告示，说明酒店晚七时起无人服务，倘若有事可打以下电话，难怪前台空着。天色却还大明，离夜晚远着呢！回进客房，上下阁楼几番，充分享用空间，心中掠过一个念头，这房子的窗户是不是多了？这念头稍纵即逝。每一扇窗户都是一幅图画，前窗、后窗、侧窗、天窗——这就是我们上海老虎天窗的摹本，开在阁楼的斜顶，于是，草木深蕤，风景环绕。

夜里，从梦中惊醒，仿佛有一个小孩子，走近膝边。不知为什么，这一幕让人害怕。四下里寂静一片，却又响得很，是风，摇动树枝。跳起来，一扇扇关窗。木头框架，拉动便吱嘎响，窗玻璃上黑影幢幢，像要扑进屋内。老虎天窗上的月光，如一泓清水，但更叫人紧张，将有什么探出来似的。叩上所有的开关，复又上床，睡意强劲袭来，裹挟而去。再一次睁开眼睛，满屋光明，鸟叫个不停，昨夜晚的阴森可怖烟消云散，无迹可寻。电视柜里有一本旅游杂志的湖区专刊，介绍景点、住宿、餐饮、娱乐，还有一篇侦探小说。小说中的谋杀案发生在一所酒店，但不是湖畔，而是海边，现场就在沙滩上，尸体旁边有半个面包，留下缺齿的咬痕。与克里斯蒂的小说差不多，酒店里每个人都有嫌疑。刊登这篇小说的用意显而易见，就是为旅行增添节目，倘若没有幸运亲历，阅读一个惊悚故事也不错。

现实中，事情的发生往往呈现孤立的状态，你很难将它们镶嵌成逻辑，但是呢，彼此间也不能完全撇清关系，总是有一点指东道西的意思。就是说，预兆在这里，兑现在那里。事后回想，这一日的阴差阳错似乎早已有暗示，只是当时没警觉。还是从早上说起。

早餐室很大，难以想象这间小旅馆能容纳这么多客人。事实上，旅馆的规模很可观，只是化整为零，以一条穿廊沿山脚蜿蜒，衔接各个部分，有些连环套的意思。前日下午住进一个中国旅行团，入住率到达高峰。餐桌之间，服务生脚不沾地穿行往来。早餐在自助以外，还有另配的吐司，三个服务生各送上一份，放下就走，最后一位姑娘嘟囔一句，总归是怪我们多要，我冲她嚷一句：每个人都要送我们——她却已经走过，留下背影。看他们忙成什么样子！不由生出疑惑，难道中国人彼此相像到这种地步吗？谁知道，更为极端的后果还在等着我们。消灭完一桌子的吐司，离开餐室，准备开始第二日的湖区游。经过前台，那一对与我们同时入住的中国夫妇正办理退房。天气晴好，阳光澄透，不一时就走到湖边。这一天，选择巴士路线，这条599线还是向北，却从湖畔偏离，深入内陆。路经火车站，看见候车室外，退房的夫妇正举着手机拍摄最后的湖区风景。599从站前掠过，继续向北，一路所经，无非是绿草茵茵，牛羊漫坡。司机兼导游介绍，这些牧场和庄园，从十三世纪延续到今，其中就有诗人华兹华斯的故居。终点是小镇格拉斯梅尔，似乎比前一日的安布赛得更小，只一个路口，几家商店，从路口进去，却有人家，门缝里塞着房产广告，这里的房价颇不便宜呢。天开始下毛毛雨，躲进咖啡馆避雨，顺便吃了简单的午饭，搭599回返。中途下一次车，四边漫走，亦无太大意趣，再搭599，却是调头向格拉斯梅尔。因一日票可无数回搭乘，尽可反反复复，寻寻觅觅，希望有不期之遇。其时，司机已无讲解导览的劲头，沉默地开车，停站，再开车，路经的山坡牛羊便显出寂阔。我们决定还是中途下车，这一站是在宽阔的路口，599 绝尘而去。四面均可望及地平线，天地之间，有零散和成群的步行者，都是旅游线上下来的游客，中国人占一半以上。隔老远，有女性同胞问华兹华斯故居的方向，我们不知道，却另有人给出回答。我不写诗，对湖畔派并无深知，本来不计划访问华兹华斯，但见前往者越趋越众，便跟了过去。迈下大道，转进小街，故居院落里又被中国人壅塞住了，原来这里的厕所免费，所以成为旅行团方便之处。进到馆里，便清寂下来，人迹寥然，内容也有限。写作者可供展览的，不外是照片、手稿、书籍、用物，这一些又与写作活动本身关系不大，倒是故居实地，人称“鸽巢”的地方，还可引起诗人生活的联想。下午四时是最末一班鸽巢参观，讲解员是位台湾女孩。从内室见出当年湖区生活的简朴与粗粝，为节约供暖的燃料，房间狭小，室外是大片的坡地，湖畔诗人的浪漫抒情大约只是对春夏季节，冬日的景色必是阴沉的，更让人想到艾米丽·勃朗特的《呼啸山庄》。

从鸽巢出来，天色灰暗，向晚的光景，请台湾女孩查询 599 线班车时间，尚有一班，且是末班车了，必须尽快赶到格拉斯梅尔。女孩专领我们出门，指示方向，辞别后匆匆上路。然而，在第一个岔道，犯下选择性的错误，偏离 599 线路了。起初不觉得，只发现本就零落的步行者少去了，最后索性一个不剩。车轮子底下的距离在徒步中无数倍拉长，风景则越显单调，大片的绿——这绿在阴霾中变得苍老，真好似从十三世纪过来的原野。牛羊懒散地卧着，一动不动。有几回，阳光突然漏出云间，陡地刷新颜色，闪烁的一瞬更加映衬出之后的沉闷。时间在向末班车靠拢，脚下的路途却越走越远，地平线始终在目力所及的前方。没有人，没有房屋，看不见一点街市的迹象。半间棚屋，抑或是巴士站，立有一对男女，像等车，却也不顶像，因不是有目的，而是闲散的神色。看我们走近，两人立刻走开，这就可判断出是一对情侣，以年龄气质而定作“师生恋”。明知道在躲我们，不该打扰人家的幽会，可是视野里空空荡荡，唯有这两个人，只得上前打听，599 在哪里。那先生露出一种受伤的表情，他向我摊开双手，说：我真的，真的不知道关于巴士路线的任何情况！我知道又做错一件事，速速离去，留下他们自己。

忧虑充满我心，倘若错过 599 末班车，而错过末班车即刻就要成为现实，那么，我们将如何在这荒原度过夜晚。回头去寻华兹华斯纪念馆，此时已经下班，送完我们最后一批客人，就在打点关门，各回各家。继续向前，又会走到哪里？景点、游船、巴士，还有观光客，造成热闹喧腾的假象，真相是，人迹难觅。简·奥斯丁笔下的待字闺中的女儿多么愁烦，镇日见不到一个人，何论男婚女嫁。不知走过多少路，看见多少牛羊，多少草地，终于，前面又出现两个人，两个女人，在发动路边的车。呼喊着奔跑过去，问询 599。这两位压根没听说什么 599，再清楚不过了，这种旅游专线不在本地居民生活的范围内，茫然之余，给出一个有效的建议。她们真是太好了，比那一对男女好得太多，被情欲控住的人是无法交道的。她们说，前面路口处有一个天鹅酒店，可向那里问询，也可请前台帮助要出租车。真应了好事成双的吉言，走到天鹅酒店的同时，一转眸，看见几个游客，站在站牌下，正在等车。原来，殊途同归，绕个大弯，最终汇聚到格拉斯梅尔的599线上。

车到温德米尔，天光又大亮，夕阳从西边照耀过来，仿佛一日内第二个黎明。我们顺利找到“美食我和你”，吃到清蒸鱼。饭后百步走，走进杂货店，看见一套餐具，数十件，摆放在雕花盒子里，最后的跳楼价，九十九！正是路遇的中国母亲心仪所在，到底没有带走。也许和老板谈不拢邮资，或者，只是临时改了主意。夏季里的长昼特别可人，安宁，松弛，尤其经历过一场惊惶之后。游客散净，小镇清静得很。从街巷穿行，看着一个店铺接一个店铺打烊，光在鹅卵石路面流淌，来自地平线以下，却足够照亮，推迟夜晚到来。很庆幸，我们没有滞留得更晚，可是谁知道呢？会有什么样的事故等着。

悠闲愉悦地走出温德米尔镇，离开湖畔，回去酒店。这天是星期五，工作的心思多少涣散了，奔向周末的快乐时光。有职员的家人带着孩子来接，小孩子在庭院里跑来跑去，等他们的母亲下班。一股居家的气氛洋溢开来，令异乡客觉出旅途中的飘零感。上楼开门，推进房间，眼前景象不禁惊呆。就像遭到洗劫，床铺翻起，被单抽走，枕套脱去，大小毛巾全不见，用过的茶杯茶碟原样放着，一片狼藉。定定神，明白不是洗劫，而是当我们人走退房。于是，留一人检查行李有无丢失，一人下去交涉。前台的女人正在作最后的收拾，丈夫抱着婴儿候在旁边，马上就要跑路的样子。急步上前，责问发生了什么。就像电影里的定格，所有人都凝固动作和表情，停一停，一位妇人，从她健硕的体魄看，许是专司清扫职务，她第一个想到自己的责任，问：没有打扫房间吗？岂止没有打扫，床铺、被单、枕头、毛巾，一切都没有！说话间，不知从什么地方，冒出一个女孩，年纪大约十一二岁，她站到面前，将我与前台隔开，满脸严肃地说：有事请对我说！她用手指指自己的前胸，表示“冲我来吧”。我气急败坏道：什么意思？小孩说：告诉我你的麻烦事。真就是被鬼缠住，我竟然向她再又原原本本述说一遍。此刻，员工们重新召集起来，纷纷忙碌着。显然，收拾房间是分作几个步骤，涉及多个人工。那清洁妇人对我说：告诉你的先生，离开房间，到咖啡厅休息，喝点东西，咖啡，茶，任何饮品。小孩对我作一个“请”的手势，说：尽情享用我们的酒吧！搞不懂这是何许人物，我就那么听她的，顺从地转身上楼，将留守的他喊下来。

坐在前厅廊下，听人们交头接耳，窃语说会受到投诉，而责任应属上一班轮值，交接时候疏忽，确有一对中国夫妇退房，但错了房号……听到这里，险些又可跳起来，中国人就这般类型化吗？天气好得要命，没有一丝阴霾，白昼还将有长长一段尾声。庭院里很静，难道都退房回家了？只剩下我们，害得人家还要加班干活。我又看见那小孩，抱着前台女人的婴儿，原来是一家人啊。就在此刻，跳出一个念头，这不就是梦里的那个，叫我害怕的小孩子！这小孩子到底钻出来了，化身成良人家的女儿，实质是湖里的精灵。

等收拾完毕，告知我们就绪，回去房间，一切归置妥善。门铃响了，拉开门，眼前站一个英俊小伙子，手里托着雪白的毛巾，脸上是甜蜜的笑容，再三再四说道：我们错了！不用说，这是被推举出来的认罪羊。

终于轮到我们退房离开，上路了。去到火车站，候车室兼售票仅一间平房，出门就是站台。原定最早一班十点四十九分，开往布赖斯顿，再转往伦敦。十点四十分却宣布取消，人们，大多中国人涌出候车室，来到门外空场长途巴士站，企图乘大巴往布赖斯顿。其中有韩国一家三口，他们在很多点上与我们重合，游船、599、安布赛得、格拉斯梅尔的末班车。不曾说话，却彼此认得，究竟是亚洲人对亚洲人，辨得出差异。他们一家拖着沉重的行李挤在巴士门口，不知上得去上不去。看那形势，立时放弃换乘交通工具，守定火车，十一时五十九分，有一班往奥克森哈姆的车，来时遇见谈峥，他就是从这次车上下来，往来湖区的就屈指可数的几班。挤不上大巴的人涌回候车室，加上新到的，顿时，水泄不通。这一刻，很奇怪的，似乎所有人都迫切要离开湖区，焦虑地讨论着，倘若奥克森哈姆的车再取消，又有什么办法可行。湖区就像是天涯海角，只一条铁路抑或再加上一条公路与外面世界连接，这联系极其脆弱，说断就断。时间一分一秒过去，火车在向我们接近，取消的可能性也在接近。其间，还得到一个可怕的消息，就是一日里，无论火车还是大巴，都没有开出湖区的班次。人们挤出候车室，涌到站台上，不眨眼地仰望液晶屏幕上的滚动字幕，虽只有两班车，而且取消一班，滚动字幕却一刻不曾间断。谢天谢地，火车终于进站，二十分钟后，到奥克森哈姆。这一回的奥克森哈姆站和上一回印象大变，那时的宁静安闲全没了，而是惶遽，前后左右都是步履匆忙的人。液晶屏幕上显示，三分钟后有一班开往伦敦的列车，就此，我们创下了换乘的最短时间纪录。就在地下通道里，又遇见那韩国一家三口，不由得意想到，折腾来折腾去，不还是同一班火车？

湖区旅行最后一件费解的事情就是，我们通票本应该敲上使用的钢戳，可是无论是开往奥克森哈姆，还是开往伦敦，检票员都不给敲戳，只是一味说：很好，很对，或者没问题了。难道他们不担心我们继续使用？更可能的是，他们也极少见到这种中国旅行社发行的通票，不明所以。接下来的问题是，我们就像马克·吐温小说《败坏了赫德莱堡的人》里的赫德莱堡村民，一直被犯罪诱惑，企图再用这未被销账的废票。最后打消这念头的原因是，我们真的相信，在这张票的某一处，有一个肉眼看不见的印记。总之，没有人来销我们的车票，列车员携检票工具，丁零当啷走出车厢，然后，送茶水的先生来了。其时，已是午后一两点，早餐后滴水未进。接过茶，得寸进尺地又索要饼干。那先生迟疑了半秒钟，绅士教养最终克服嫌烦的情绪，不止给我们，也给车厢里每一个人发了一盒饼干。一时间，响起一片拆包的窸里索落。

就在不久，我在一部克里斯蒂小说拍摄的电视电影里，看到了湖区。故事讲的是一名证券员失踪，大侦探波洛注意到证券员邻居家的女佣忽然接受一笔遗产，辞去工作，托运行李，离开了东家。波洛总是能注意到不相干的事物底下，潜在着某种联系。于是，就和盖普警官一起寻找女佣。女佣接受的遗产，一所小房子，就在湖区。一列蒸汽火车吐着白烟停站，一眨眼开走，烟雾散去，留下两个人和一块站牌——温德米尔。接下来的镜头，这两人走在没膝的芦草间，叩开一座小茅屋。那时候的湖区，称得上荒无人烟，这座小房子倒很像华兹华斯的鸽巢。原来，遣走女佣，是为了以女佣的名义搬运行李。波洛判断，在某一个车站的货栈里，一定有一件无人认领的行李，那一口大箱子里，就是尸体。

2015 年 6 月 30 日　上海

荷兰房子

乘坐荷兰航空公司，商务舱旅客得到的赠品是一座陶瓷小房子，狭长的三四层高，尖顶上竖着烟囱，烟囱口被蜡封住，据说里面盛着一口酒，拿在手里摇一摇，果然，晃荡晃荡的。总体是这样，但各款还是有所不同，凡那些反复挑选辨识，或者事先记下编号，逐一比对，最终捡出所缺的一式，显然就是常客，同时又有收藏的癖好。倘若再找不出所要的，客服人员便送上一本小册子，里面是小房子的图例、编号，以及订购的网站，就可拾遗补损，凑齐全套，但似乎缺乏了乐趣，原本，其中是有一点概率游戏成分的。一旦来到阿姆斯特丹，这玩具房子就放大成为真实。

将陶瓷房子接起来，绕一周，再绕一周，大约可见出这城市的基本模式。从房子排列紧密与门面宽幅一致看，像是连体。但高低不等，装饰有异——这装饰可是有些繁复，且又不是洛可可的纤巧华丽，而是孩子气的小把戏，还有实用主义。没有前庭与后院，意味用地的经济；窗洞周围斜插的彩砖，是不是依着某种力学原则，稳定结构；那砖面多半是上过釉的，真有点陶瓷的意思，为抵挡海水的潮气吗？尖顶，在别处通常是山墙，这里却是正墙，形形色色的三角形，像童话剧的布景，坡面上的瓦列东一片，西一片，错落对齐，倒有些立体几何的趣味。这些杂碎，难免显得花哨和凌乱，但因量大，这里和那里总有些呼应，全局上形成一种协调，这就不像是连体，而是有镶嵌的效果，仿佛一个巨大的工艺品。走在街道里，两面房子挟持，会有压抑感。好天气还罢了，就怕阴霾重，陷在房子的围阵里，转也转不出去。头顶上一排排窗格子，从格子里望过去，还是窗格子，窗格子底下是运河，泊着一些旧船，海上过来的水鸟落脚停一停，再飞起，越过井壁似的天际线，不见了。

是在马六甲得知荷兰房子的来历。马六甲这地方，自1641年为荷属东印度辖地，到1826年归英殖民统治，将近一百年按荷兰民法治理，其中有一项就是以宽窄纳地皮税，纵深不计。所以产生如此税法，或许与商贸有关，临街店铺价值大大高于生活起居，商贸又与地理有关，港口总是物质交易集散的要道。马六甲有一条荷兰街，在越演越烈的市政改造中幸存下来，保留原貌，曾住过那里一家名为“峇峇”的旅舍。“峇峇”是指最初与土著同化的男性汉人，女性则称“娘惹”。“峇峇”旅舍实在简陋至极，一应用品全不提供；没有中央空调，客房内壁挂冷气机也陈旧了，轰隆声大作，却无法驱散南亚汹涌澎湃的潮热，除去一名前台职员，看不见其他服务生。但索价很不低，还常是满员，需预订。我以为，住“岜岜”旅舍的要义在于房子。这房子先前一定是富贵人家宅邸，纵向格外深长，贯穿前街后街，中间经过无数中庭，客房环中庭而设，庭内则布置桌椅几案，均是沉重的红木材料制成，有隔屏盆景，奇石异草，供客人闲坐。旅舍不设早餐，大约是规避明火的危险，所以早上便四散出门打食。门前的石卵路极窄，高低蜿蜒，中间车辆过往，多是运送的货车和摩托，速度极快，将路人逼到檐下。檐下是茶餐厅和酒廊，桌椅铺到街面，倘向里去，又是一进复一进。相邻有一家旧货兼艺术品商店，老板是文学青年，常在汉语杂志发表诗赋。整座房子都作商铺用，大约是继承的祖业，倘若租赁，成本上去，就不是这有一搭无一搭的买卖了。老房子被调动起现代设计的元素，与保持古风的“岜岜”完全两种性格，印象最深的是中庭里的一具荷花池，屋檐的滴水，啪啪啪地响，蒙蒙水汽中的浮萍，真仿佛“水中月，镜中花”。还就是房屋最深处有一处闲置的阁楼，从木梯攀上去，漆黑不见五指，定定神，就看见房角有天光下泄，继续攀爬，钻出天窗，看见马六甲的屋顶。一股子忧伤从心底升起，也不知哪门子的伤感，热带的气候本来就易生忧郁症，法国人类学家列维·斯特劳斯不就写过一本书，叫作《忧郁的热带》。还有，这屋瓦底下，迁徙与定居的命运，也让人浮想联翩。

我父亲出生在马六甲海峡南口的新加坡，十七世纪的新加坡亦在荷属东印度辖下，1819 年归英国东印度公司领地，1869 年苏伊士运河开通，汽船出现，开始繁荣岁月。追溯起来，曾祖母移民的时间当是十九、二十世纪之交，英国人建成港口居民点，经济成熟。我时常想象父亲家居住的房子，听堂姐说，那房子很奇怪——堂姐没有往下细述，想来记忆模糊，不由猜测，“奇怪”会不会在于，也是荷兰式，或者说马六甲式的遗存格式。这一回去新加坡，在父亲生活过的街区“小印度”驱车来往，正是晚上，夜市沸腾，人群熙攘，多是印度裔的打工族，早期移民已经融入本地社会。贴邻的牛车水，即中国城，正庆贺羊年来临，彩塑羊群屹立街心，逶迤几条马路，总有三百多只。在新加坡，华、印、马来的新年，加上西俗圣诞，全列入国定假期，各休一日。以相同概念，小学和中学，英语之外加一门母语，但当进入大学，母语课程则不在必选。于是，高程度教育背景之下，族群实际融合一体。四处是新起的公寓楼，为节约用地而向空中发展，以满足增长人口的国策需求。现代主义单纯简洁的线条与立面，消解了个体属性，提供给这个后天再造的民族国家外形。新加坡纳入原创的轨道，仿佛一生二,二生三,三生万物。就说中国的春节，旧规上生出新礼，比如“挑鱼生”。年里凡开宴，必先上一大个冷盘，由各样瓜菜鱼肉切丝码堆，颜色绚烂，合桌大人小孩全体立起，纷纷举箸，伸向盘底，挑起来，嘴里大声说着瑞祥话语。顿时，彩练乱舞，吉言飞扬，好一时，方才礼毕，分食入口，酸甜脆香，老少咸宜。据打听，这习俗仅十数年时间，已蔓延全岛华人社会，餐馆无论推家宴或者尾牙，必写备有“鱼生”。新加坡华族大半来自闽广，两地均多信民，不解民意者万不能制其风俗。

父亲的房子早已湮灭在这国家光鲜华丽的考古层下，叔叔婶婶搬进政府租屋的公寓。祖父祖母所在的墓园被政府征用，骨殖捡拾装殓，搁置壁龛。据说那房子是在曾祖母手里建成，父亲的家并不如以往概念中，革命者出身赤贫，只是上世纪初世界资本主义经济的涨缩下，殖民地难免于动荡沉浮，在父亲履历中被定义“小康”。曾祖母主持建造的房子或就是依荷兰民法旧例租地，窄门深进，天井里有一池子，承接雨水——四面环海，淡水总是个问题。忽又想，这样形制的民居在南亚还有一般好处，就是隔热。那夹道般的内室，可不凉森森的，就是让人抑郁。

在阿姆斯特丹的旅馆，新评三颗星，却是一所老房子。门面照例狭窄，用上海惯常度量说法，就是单门面。从外部看，与普通民居并无二致，只是门楣和门洞的地毯上写有旅馆名字，“铁马”的字样。这类旅馆有许多家，不提防就走错了。曾经有一对糊涂夫妇，住定以后放下行李出来逛，回来再找不着，跑进我们这一家，请前台女孩帮忙。这女孩人很有趣，到的当日，办完入住手续，送出柜台，紧问一句：你们的语言怎么说“谢谢”呢？这会儿，她立刻动手上网搜寻这对夫妇的旅馆，所有的线索只随身一张门卡，还有两人的名姓。居然让她给搜着了，欢呼道：就在这里！原来是隔壁的一家。再说回到房子，同样，山墙的坡顶是正面，两室四扇窗并列，长形的窗格子，使房子更显窄。但白漆的窗棂起到通透的作用，就有较为明快的气氛。进门正对过道，一侧是所谓大堂，贴壁一溜坐榻，几张圆桌，数把铁皮椅，角落是热饮机，免费供应咖啡茶。事实上，在这里逗留多是歇脚，储存体力爬楼，因没有电梯。楼层间距高，梯级又极陡，我们给它名字叫"十八盘"。徒手攀登已经够呛，别说还有大件小件行李。搬运上下有几种方式，一种是先歇，歇够了，一鼓作气上去；还有是边歇边上，分段作业。有一位女士，携数件行李，完成一件，就在庭院吸烟一时。因占地局促，无法开辟消防通道，所以严格禁烟。每每入住旅客，前台必阿宝背书式地宣布纪律，重中之重就是绝不可室内吸烟。于是，中庭的天井就作了吸烟地。这位女士的运输工作，大约延续半个上午。

客房分成前后两部，前部是在大堂后面的公厕后面，一道楼梯引上二层，三层，四层。穿过天井，就是方才说的吸烟地，就到后部，也是同样的层数。楼梯底部有一扇小门，门里面有下行的楼梯，几乎呈垂直，只容单人通过，交臂时必有一人退至起点，分先后而行。早餐室就在地下。有一日早餐，忽看见后墙推出门来，从容走出人来。不禁一惊，难道还有一进房屋？所以，很可能，这间旅馆实际有前、中、后三部。中庭上方的那一方天空又高又远，"天井"这词再恰当不过，前后是房屋的立面，左右则是高墙，墙那边是别人家的天井。爬墙虎攀在砖面，绕开窗户，那都是楼梯转弯处的窗吧，因为特别安静。墙脚靠着梯子一类的工具，随时可作修葺用。地坪是砖砌，接缝里长着青草，还有绿苔。记不得有没有树，就算有，也驱不散庭院的寂寞。阴是怅然，晴是惘然。仿佛从亘古的安宁中择出来的片刻，又漫长又短促，照理是该高兴的，可是，要知道，日常生活总是带有一些戚容的。

旅馆所在的街道，我称它“小印度”，也不知对或不对。沿街多有印度食品铺子，店橱窗里是印度风格装置，印度饭馆居多，桌椅排列到街边上，闲坐着印度老乡。这没有院落的城市，市面往往做到马路上，某日傍晚，雨霁风止，夕阳斜照，只见人行道一侧的露台大开门，移出一具具轮椅和输液架，椅上多是老人，照顾者为青壮。是养老院还是医院？无论哪一种，坦荡荡坐在露天纳凉，好像整座城市就是一个家庭。菜场——走进门洞，照例越走越宽敞，似乎除去门口这寸地，其他都好商量，取长补短，互通有无。印度伙计忙碌着卸货上架，各种陌生的干鲜蔬果，食材和浆料，散发出浓郁又奇异的香味，无疑来自南亚热带，东印度公司殖民贸易的历史便可一得管窥。

说来不无谲诡，这条街上辟有一个马场。我们旅馆叫作“铁马”，应就由此得名。不止这一家旅馆，其他店名商铺，亦多和马有关。甚至是居家，门环、锁扣、信箱的形状雕饰也常常以马为主题：马头、马蹄、鞍具、络口，延至于骑士的剑和枪。马粪的气味传到很远，循气味而去，就看见马厩了。一座木头房子，从栅栏门外，看得见夹道两排马舍，中间过道上早晚有清扫女工活动的身影。过道那头的空地，应是通另一条街，可去寻找却也没找到。马厩边上，有一日忽又敞开一面窗，十数个穿骑马服的男女孩子在习骑，绕场地一周又一周，时慢走，时快跑，小贵族似的。应是马术学校，带训的妇人指示我们从后街入正门，付八欧元便可购票参观。依她指示，还是没找到入径。按常规，马场总设在城郊远地，所以想象这里较晚近划进城区，可是呢，它与国家博物馆是步行可达的距离，应属中心区域。当然，要是当运河为环线，则在五环以外，也可算后开发。事实上，阿姆斯特丹的范围远超出风景明信片上那一点地标性的空间，试着乘一趟公交车就知道。我们有过两次乘公共汽车旅行的经验，七路和二路。七路的终点临深水港，下了大路，走上树林小径，经过露营地，再继续走，眼前便呈现辽阔的水域。大艘货轮往来，横跨一座大桥，桥洞里有少年人练习滑板。水边湿地，白鹭停栖，天地高远极了。二路车的旅行更为传奇，电车铁轨在一片草坪上到达尽头，下车可看见风车的标志，循迹而往，未到风车，却走入小村 SLOTEN，因是周日，村道两边摆着集市，一半为家中闲置物品，一半则是批发来的低价货，以中国制造为主。天下着寒雨，八月天在中国是大伏，可此时此地却如同秋冬。一间小屋门前站立一位体魄高大的女人，显然罕见有外国人到此赶集，所以特邀我进屋里，介绍小村历史，早于阿姆斯特丹建市的十三世纪，而始自 1175 年。看，她环顾四壁，这屋子像传达室，更可能是城管办公处，然而这两项都不是，是什么？荷兰最早的警署。简直不可思议，面对我的怀疑，女人进一步证明，这里就有个监室。

说着，推开壁上一扇小门。我浑身湿透，一是冻，二是惊愕，索索抖着走入门里。“监室”仅一步深，一步半宽，潮湿的泥地上搁了些杂物。想象着十二世纪下半叶，在这里囚禁的罪人。朴素的乡村生活里，至多不过偷鸡摸狗，可是，谁说得准呢?“萨勒姆的女巫”不就是发生在这一类古老欧洲的腹地。

2014年夏，初来到阿姆斯特丹，就寻找中国餐馆。迫在眼前的是兑开五百元的欧币，给法兰克福经营旅行社的朋友发信征询，答案只有一条，找中国餐馆老板商量。早又听到，欧洲最庞大与严密的华人社会在阿姆斯特丹，也想面识。每在阿姆斯特丹机场转乘，就看见许多中国人的脸，很快就能从游客中区别出来，因携带行李不同，生相与表情也不同，没有行旅中的兴奋，而是沉静的，沉静中透着生计的重负。看上去以劳作者为多半，不是指体力的劳作，还有心力的意思，大约有一份自家的生意，包裹中许就是进货，常是这些人，被海关官员抽查检验。从脸相看，大部来自中国南方，闽广和浙江，身上还保持原乡的风土，连肤色都没大改似的。但看携妇将雏，移民至少在二代以上，因国内已难见有这样多子女的大家庭。

傍晚时分，踱过桥，从“五环”到“四环”，夜市的喧嚣扑面而来，街角上有中国式的翘檐，垂着红灯笼，灯下汉字：东亚饭店。1987年在德国小居，华裔女生袁小平曾带我去她在威斯巴登的家玩，威斯巴登第一家中国餐馆在她父亲手里开创，店名直接就叫“中国”。其时正逢市政举办美食节，她家开出一个春卷摊位，当晚，她的父亲和母亲驱车往阿姆斯特丹购买春卷，夜半方才到家。阿姆斯特丹有著名的春卷大王，登过成功人士榜。可这一回来，名噪一时的春卷大王却了无踪影，问谁谁不知道。东亚饭店前堂开间也是窄条，倚墙一条坐榻，堆着红绿织锦缎靠枕，有一股慵懒颓靡的气息，被视作中国格调。透过一道短廊，看得见深广大厅，亦不知向哪里取地，布满圆桌，显然是供团餐与酒宴。出来一位先生，形象极为俊朗，态度文雅，问说不说华语，谦逊答道，说一点点普通话。这倒令人意外，海外华裔只听说会粤闽方言，极少有只说“普通话”，即便只是“一点点”。听口音，并不似大陆北方腔的普通话，而接近台湾普通话语系，不好意思打听来历，按捺下好奇心。我觉得我们的菜是他亲下厨烹制，更可能，本人就是大厨，因之后两次去，店堂里不见了他，同款的菜式，结果大相径庭，再没有这一回的好吃。饭毕茶毕，到结账的时候，年轻服务生——就不会说汉语了，接过五百元欧币进去账台，复又送回来，说兑不开零，只能用信用卡买了单。应该说已经有了态度，却不甘心，想再一试。就直接跑到收银台，递上信用卡，让再刷几元作小费吧，不好意思，没有零钱了。说普通话的男人，此时他负责收银，所以又可能是老板本人，回答是：不要客气，没关系！一番请求和拒绝委婉传达于彼此，有点像中国功夫里的“推手”。

出得“东亚”，顿时陷入饭店拉客的阵式。这几条都是食街，尤以意大利为众，意大利伙计都有歌剧的天分，声音美妙，动作丰富，情感极热烈，连连说着“吃过啦!”终于突出重围。雨蒙蒙中，霓虹灯闪着披萨与通心粉的图画和字样，东亚饭店的红灯笼淹没其中，看不见了。偶尔见有亚洲人的脸，近前去，却是泰国人。那些机场车站的中国人去哪里了？仿佛一到阿姆斯特丹，就全作鸟兽散。

这一回失败的经历，让我们放弃找中国餐馆兑钱的念头，而此时此刻，身边只有几个硬币的现钱。不少商家只认现金，还有一些又只认欧元卡。站在商铺挤挨的长街，头上是一线天，一筹莫展。后来还买下一条裙子，耗资九十五元，非但不收纸币，让刷个整数，给五元现钱，都不干，反应还相当强烈，好像要陷他入套现的犯罪。最后，只能屈服霸王条例，在换钱处缴付百分之一佣金。然而，有意栽花花不发，无心插柳柳成荫，接下来，不期而至的，第二张五百元欧币兑开了。

在旅馆前台，好歹明白交通卡的情形——我们的旅游手册显然是拼凑而成的伪劣产品，信息过时有年头了，前台的女孩完全不懂我们所说的交通卡是什么，我们也不懂她说的交通卡是什么。百般解释，前追溯历史，后展示实物，才算知道早已改朝换代。然后就是购卡，据女孩说，票房设在旅游信息中心，一座白房子，壁上有“品”字形三个 A 字的图案。听描摹，与荷兰航空赠送的小房子差不多，多次掠过视线，当真去找，却没了踪影，索性一气跑到火车站。票房的先生，棕色的齐肩卷发，艺术家的风范，态度可亲，询问要去哪些地方，荷兰交通卡是全境通行，然后决定打多少钱进卡，又建议某些地方可顺道而行，就可节约盘缠。当听说我们的计划是以阿姆斯特丹为据点，出去，回来，再出去，再回来，他的笑容愈加亲切。他欣赏我们的旅行方式，也为我们对他城市的热爱感动。于是，勿管后面排起长队，向这边怒目而视，每一处地名都必上网查询车资，然后相加。不知为什么，他弃用电子计算器，而选择笔算，数度错算，数度重来。我看出他的错误往往在进位，恨不能一把抢过纸笔自己来算，又不忍剥夺他计算的乐趣。我以为世界上分两种人类，一类爱计算，一类不爱；古老的人类爱计算，新人类则不爱，计算是一种手工艺。在罗马奥斯迪亚，票房里的青年就热衷此道，区区两张门票，付款方式花样百出，为整数后面的零头，他找过来，我找过去，也算是来自文明古国的我，以彻底糊涂而服输。等这一位算清账，得出总数二百挂零，就到付款阶段。无论银联还是维萨一律谢绝使用，还是要欧元卡，这就不能怪我了，一张五百元钞放在了面前。他与他同事，也可能是他的上级有一场小讨论，最后收下，如数找回现款。

在我看来，火车站可说是阿姆斯特丹最宏伟的建筑，与皇宫不相上下。事实上，游船经过，就当它皇宫来观赏。外面是这样，里面呢？因为大而人流更为浩荡，气氛亦更紧张。宫殿式的穹顶与罗马柱下，昏压压人头攒动，仿佛未开天地的混沌。熟悉之后，自然了解混沌中其实秩序井然，一旦纳入轨迹，便无往而不利。走出车站，再走过车站前纵横交错的电车铁轨，眼前分为两个世界。右手方向可见繁闹的市廛，左手边则开阔起来，浮起一片水域，延伸到天际，最终水天一色。从岸上伸出栈桥，通向一座画舫，规模与形制与香港仔海湾的珍宝海鲜坊完全相同，据说是为同一个老板。但环境不同，气氛就大两样。香港仔海湾停泊无数大小船舶，岸上店铺林立，渔火灯光交相辉映，那珍宝坊在其中犹如众星捧月；而此处，兀自立于白蒙蒙，寂寞得很，不免怪诞。画舫楼上的窗户暗着，楼下且被繁复的雕饰遮蔽，似也没有动静。栈桥上偶有人影出没，不知是观景还是食客。走到近处，看见门里有亮，推进去，眼前华灯高照，称得上葡萄美酒夜光杯，是豪奢的中国风，与东亚饭店不可同日而语。怔愣中，被告知座已订满，二楼且不营业。服务生一律中国面孔，但绝口不说中文。领座的女人，礼貌里有一种警觉，像是怀疑我们真实的来意，且不知怎么猝然放下戒备，说有座了！于是引到吧台坐等那边收拾出餐桌。吧台后有一位老先生，广东人瘦削紧凑的生相，斯文里藏着一股犀利，觉得很像香港上世纪六十年代电影里的枭雄人物，如今老矣，激流勇退，隐于人群。他倒说华语，港式的，但出言甚少。这里人不管是单对我们，还是所有人，都抱谨慎态度。看座上客，西人占一多半，有家聚，亦有社交，有一桌全是男宾，着黑西装，打领结，隆重如高层会晤，但聒噪喧哗又像是帮派老大碰头。圆桌面围坐中国人，操北方话，显然来自内地。如我们这样，既不是回头客，也无预订，可称不速，着实令人生疑。餐中，有一位华裔夫人，我想是吧台里先生的太太，也是清瘦的外形，装束优雅，依桌一一顾看和照应，经我们桌时，用中文说道：慢用啊！迅速走过，留下背影，也像是香港旧电影中走下来的人物。

无论从地图，还是我们的伪劣手册，都显示唐人街就在近处，与红灯区相邻，可就是走不到呢！往往走到中途就无功而返。逼狭的街道，摩肩接踵，天总是下雨，漉湿的地面，污水漫流，小电影的电灯珠子滚动，艳情的图案比比皆是。没有纽约法拉盛那样大型的中国城，也看不见任何标志性建筑，比如牌楼，上书“天下为公”之类的字样。不是说，很早就有华人在这里登岸，从最小的花生豆叫卖开始，越做越大。国内曾经公映过一部荷兰故事片，《阿姆斯特丹的水鬼》，开篇第一个镜头就是中国餐馆的后厨，一个中国人在砧板上切菜，忽然窜进“水鬼”，操起剔肉刀……可是，现在，华人社会似乎解体，分散在隐蔽处，我们看不见他们。更可能是，我们已经在他们中间，却不认识。我也不知道为什么要找他们，钱已经兑开两张，想不出还有其他理由。

风和日丽的早晨，去“安妮之家”。旅馆前台，不是那个姑娘，而是另一位，年纪略长，性格贞静，她建议步行前往，那是一条很好的路途，十几分钟就可到达“安妮之家”。他们更习惯称“弗兰克之家”，由此安妮便有了家世。安妮·弗兰克的家，全世界都知道他们藏身两年零二十九个日夜的那房子，自 1960 年作博物馆开放至今，早十时至晚十时，全年无休。晴天里的阿姆斯特丹变得明丽，尤其一早，游客还未涌上街头，店铺还未开张，太阳在城外的地平线上露头，从建筑物的缝隙里透过光线，左一道，右一道。安妮·弗兰克家的房子所在地址“运河街 263 号”，所以就是沿河走。这一路是在住宅区域，公寓和我们的旅馆同款同式，有一两间的底层破墙开店，卖一些手工制作的小东西，有勤快的店主在门口安置摆设。水鸟在街面啄食，总有些可吃的，飘落的树籽，主妇扫帚下漏网的面包的微屑。看起来，平静日子由来已久，房子里住的是代代相袭的老户。能想象吗？七十年前，这里发生的粗暴和卑劣。

我们以为最早，不曾料想，安妮·弗兰克的房子已被队伍包围，拖尾到横街，跨过路口，伸向内圈河岸。建筑物投下一片影地，风从河面上来，再挤出房屋的夹道，削薄边缘，变得格外锋利。好容易走到队尾，犹疑着是不是排上去，身后又延出半条街。日头被雨云遮挡片刻，洒下大颗的雨点。云过去，日头出来，可寒风依旧。队伍蜿蜒在影地里，大人们站队，让孩子去太阳地取暖玩耍。有许多孩子，从各个国家来。队伍里的大人都冻得青紫着脸，路边有卖热饮和雨具的铺子，算得上雪里送炭，也是生意经。博物馆工作人员推着车分发说明书，极少见的，包括中文并且简体字，可惜队伍中难得看到中国人，旅行者通常耗不起时间。街头艺人奏着伤感的小提琴曲，琴声被风一下子吹散，若有若无。拉琴人也是索索地抖，有小孩子向大人讨了硬币扔进提琴盒子。队伍走进太阳地，很快又走出去，风却越来越凛冽，寒风一点不影响阳光高照，你是你，我是我。排队的坚韧和耐心，我想是相互影响的，没有人打退堂鼓，也没有人表现焦虑，很认命地一步一步向前挪。前面是一对欧亚夫妇，带一双漂亮的混血儿女，夫妇俩愉快地交谈，安抚孩子，大可缓解排队的苦楚。将近三个小时，十二时半，终于轮到我们，鱼贯而入。就是那样的荷兰房子，横窄深进，地方的狭隘大大限制流量，只能分批参观，为鼓励等待的耐心，则要保证时间的充裕，就这样，排队越拉越长。

紧挨安妮家的263号，开辟265和267号设为展厅、卖品部、咖啡座和洗手间，263号保持原样。这狭长逼仄的房子，前后左右受制，要搞清楚方位结构真不容易，不得不在展厅陈列一具模型。这模型，说实在，颇像孩子们的娃娃房玩具，所以也难怪小孩子们叽叽喳喳雀跃不已。一个女孩子，淡黄色头发剪成齐耳，前额上别一枚发卡，袒露出脑门，这发型本来就老成，再加表情肃穆，她伸出食指，压住嘴唇，狠狠的一声“嘘”，顿时鸦雀无声，于是，事情恢复了严肃性。

安妮的故事，已经成为显学，但不到现场，想不到房屋的窄紧，也就体会不到藏身的难度。大约也是因循地皮税的法则，占地是狭长的一条，有些前店后厂的意思。弗兰克家的生意是贸易，所以前公司，后居家。仓库和办公室占去大半，生活龟缩在后部，只占总面积三分之一。以此看，弗兰克家事业规模有限，又是新近从法兰克福迁来，为逃离希特勒政权的反犹政策，差不多从头来起，也可见出经营的勤勉与克俭。商贸为主业的阿姆斯特丹，许多房子是这么规划用途的吧。将安妮的家和我们旅馆比较，少了中庭的天井，进退就更局促。过道和楼梯只可单行，隔板上有公司广告，做的是果酱之类的食品交易。就算读过《安妮日记》，亦难以想象密室与仓库仅一门之隔，门前放一架书柜。躲藏的几百个日子里，公司照常上班，仓库工人照常作业。狭长的房型一定程度上帮助隐蔽了秘密，目测与实际之间会产生误差，就好像我们旅馆早餐室的底部忽然洞开一扇门，那里面极可能还有一段纵深。进入密室，空间更小，人都要挤扁，尤其是楼梯，前人的脚几乎踩着后人的头顶。最上面是范佩尔斯那一家人的儿子，彼得的房间，一截木梯通向阁楼，有一方天窗，可看到外面的世界——天空上划过疏淡的树枝，偶有海鸥的翅膀掠过。这一点细节无法填充天窗的岑寂，由于范围局限，天窗就像一个井筒，将囚禁的青春锁得更深更紧。

抬头看阿姆斯特丹，那沿河排列的尖顶房子，就猜它有着什么样的内情。

现在进行时里的人和事，总是活泼生动的，即便如我们这样的旅居，也有可能经历某些生活。在这家旅馆里，方才已说过前台两位女性。我更倾向那一位成熟的夫人是旅馆的主人，年轻女孩则是打工，工作时间约莫做一休二，依部分工作制还有她的年龄来推，就可能是勤工俭学的学生。她性格热情，我们有问题，比较多地向她求助，她总是一帮到底，比如前边说的交通卡。不相干的事找上她，也不推诿，又比如那一对找不到旅馆的糊涂夫妇。还有一次，一对父子来投宿，那孩子不知是病是累，抑或是母亲不在身边，情绪颓唐，一直趴在桌上不作声。办完入住，女孩从前台走出，手里捧一大个玻璃缸，缸里盛着五颜六色的糖果，她蹲下身，让男孩挑选，孩子振作起来，挑一颗，又挑一颗，跟着父亲上楼去了。临要离开，决定表示谢意，等她值班时，就说要送一件小小的礼物，她放下手里的抄写活计，站起身，脸红红的，仿佛等待授勋，其实只是一张中国民乐的碟片。接过碟片，近乎狂喜，叫道：你们怎么知道我喜欢音乐！她从柜台后面绕出来，轮番拥抱与亲吻。我们比她更感动，深觉礼轻了，不过情意是真挚的。我们都喜欢她，晚上回来，是她值夜，都要过去招呼一声，她抬头笑一笑，复回到书本，继续温习功课。这样的夜晚有一种家居的安宁，特别让人踏实。

我们总共有两张碟片，一张给她，另一张给谁呢？给早餐室的姑娘。她的活挺繁重，除服务早餐外，还负责打扫庭院、前台等公共部位，工作量占去整整一个上午。她是做五休二，周六和周日由另一个女生代班。这女生大约是临时替工，态度相当敷衍，并且以自我为中心。早餐室有一架挂壁式电视，常日班的姑娘总是调到 BBC 新闻频道，让来自各国的旅客了解时事，也比较安静。这一位可不是，她必定调到娱乐类节目，重金属摇滚乐，震得耳朵疼。自己呢，占一张桌子，桌子本来就不富余，需要拼桌或者等待，她占去一张，埋头做功课，眼睛都不抬，更别说道个早，反过来，个个都要到她跟前去登记房号，请安似的。有一段时间，每到八点半，就会有一个年轻父亲，拿着奶瓶来冲奶粉。常日班的姑娘一准接过去，开微波炉热水，灌进奶瓶，摇匀。这期间，先生袖手站在身后，与她聊天，就像在自家的厨房。到周末，八点半，带着奶瓶来了。那先生起初没搞明白形势，几次三番询问提醒，以为好事依旧，不料换了人间。只听里屋各种按钮乱响，待他出来，也不知奶瓶里装进什么，脸上且是悻悻然和茫茫然。下一日还是这样，直到周一，常日班的姑娘回来，年轻父亲眼睛都放出光来。我们也要送她一件礼物，可世事难料，没送成不说，还有些伤她。

走的那日，吃过早饭，收拾好行李，分期分批搬下来，等那姑娘上来打扫庭院，她却迟迟不露面。前日定的出租车快到了，即将上路，正觉遗憾，来了一个人，打扫房间的小伙子。这年轻人也是个重金属爱好者，随身带一个录放机，每清洁打扫，便开放机器，音量调得很高，和着节奏，迈着舞步，一摇一摆干活。吵归吵，但劳动的快乐却很有感染力，凡遇见都要打一个招呼。于是，这一张没能按计划送出的碟片就给了他。本以为事情结束，不曾料到年轻人反应强烈，他举着碟片奔跑下楼，专来向前台的夫人汇报，巧又不巧，早餐室姑娘恰在此时出现。这两位神色黯淡，令我们万分愧疚。这位夫人其实也很好，回答问题最清楚，只是性格使然，感情流露不像那一位生动。而早餐室女孩，多日来辛勤照料，很该得我们感激。说来道去，我们要有四张碟片就好了。雨越下越密，预订的出租车停在门前，前台的夫人引我们出去，上车，挥手告别。

海牙一趟，又勾起心事，那就是中国城。一出火车站，赫赫然就看见维米尔《戴珍珠耳环的女孩》，沿街一溜旗帜。所以，必要去美术馆。连排队买票带观瞻，一时许方结束。天下雨，就近找一家饭馆，不料倒是一家老店，又似乎与画家大有交谊。星星点点的烛光里，通壁上下挂着画，不像是卖品，因为多有素描、速写和草稿，更像是画家即兴下笔，然后给老板娘作酒饭钱。饭毕已是下午三时，无目的穿街走巷，路经高等法院；欣赏广场中央的男性小便池，先还以为当代艺术，然后被实用性折服；逛旧货摊位，因是周日，商店不营业，却开集市……不知不觉，街边渐出现汉字店招，以发廊饭馆为主，兼有超市，走过去，终看见中国式门楼，斗拱飞檐，纷彩漆雕，奇异的是路牌，竟是中文，步道上写几个大字："道可道，非常道"，我们走进了中国城。沿街有一具橱窗，摆放中文书籍，门牌上写三楼为中文报社。握住黄铜把手，转不动，锁住了，今日不上班。环顾四周，中国脸固然多起来，超市货架上几近全部来自中国大陆和台湾，其中有一类专用于具体菜肴的调味品，比如"宫保鸡丁""麻婆豆腐"，显然供于中国餐馆，再以中文地名以及路面的汉字推论，中国城已纳入市政规划，但边界却仿佛溶解，零散在挤簇的街巷深处。

傍晚，雨下得急了，匆匆往火车站赶，身后追上一个中国女人，问去哪里可买到菜。听她内陆的口音，显然刚到此地不久，对周遭环境茫然无措。我们亦是过路客，只能大致指一个中国城的方向，口气且是迟疑。走出一段，回头看，她一个人还在雨中的十字路口徘徊。以她年龄，早已过了求学阶段，形容上看，似乎过着辛劳的生活，唯愿能够进入中国人的社会，那里面应该有一个互助的体系。

回到阿姆斯特丹，又开始找中国城。这中国城就像知道有人找它，偏不让找到，便躲起来。很难得的出了太阳，扫荡阴霾，皇宫前的广场，遍地游客与鸽子。这里是阿姆斯特丹中心区最大的一片空地，堪称辽阔。从广场出发，按地图指示，去中国城。就像方才说的，总是在某一点上偏离方向。看到有一间两间中国餐馆，以为到了，可很快就淹没在拥簇的店铺里。总也聚集不起来，一碰即散。向警察打听，警察的回答令人更加生疑，左手一指——纽约中国城，右手一指——伦敦中国城，各有地盘吗？不知所措中，倒撞进伦勃朗故居博物馆，却已是闭馆时间。沿河岸走一气，上电车回去。

下一日再继续，较上劲了。越不让找到，越发要找。这一回，还是向法兰克福从业旅行社的朋友征询，我的问题是，地标性的建筑，比如门楼。朋友没有直接回答，只告诉两个参照物，一是红灯区紧邻，这点我们知道，但每到红灯区，不知怎么就岔开了，就好像鬼打墙；第二点更具体些，应在“海城酒楼”旁边。这“海城酒楼”分明也见过店招，每见它总是在气馁的低潮期，于是掉头走人。循朋友指点，坚定意志，一直向前，终于走到阿姆斯特丹红灯区标志性的景点，就是橱窗里的卖笑女子。大白天的，纯是为旅游广告，裸着身体，翩翩辗转，说是色情展示，其实更接近健美运动。橱窗里是这样，外面呢，也是索然，虚应差事地拍些照片，过去了。走到路口，见有“荣记”商号，红绿油漆琉璃瓦的翘檐逶迤街角，包含百货、食品、餐饮。进去买方便面，收银台的女人从我倾倒出来的硬币中捡出几个付账，又止住我倒回去的手，替换成整钱。受她善意鼓励，我提出中国城地标的问题，回答很肯定：这就是，“荣记”就是中国城的标志。这话让人信又不信，总要有个牌楼之类的物事吧，就像海牙那样，当然，店招上方的门头也可充数，到底不全像。疑惑走出，迎头看见“海城酒店”的字样，向它走去，不期然间，路边出现一座寺庙，佛光荷华寺。正应了《水浒传》三十六回目“踏破铁鞋无觅处，得来全不费工夫”。

佛光荷华寺漆色犹新，贴壁一溜黄墙。与荷兰房子格局相反，进深浅而横向长，看得出取地的勉力，在商贸繁盛地区，阿姆斯特丹市政能租让开辟，当属慷慨。从碑石上“创建记”看，寺庙土地面积五百零八平方米，租期为百年，几等遥遥无期。建筑耗资九百荷兰盾——以上世纪末开工时间的币制计算，其中台湾佛光山星云大师宗教事务处占三分之二，其余则由世界各国华侨捐献。1996 年 8 月 17 日破土仪式，星云大师亲来主持；2000 年的落成典礼，荷兰女王莅临剪彩，有来自中国台湾、法国、美国、英国、德国、奥地利、比利时、西班牙、葡萄牙等国华侨，庆贺“佛光山在欧洲之永久道场”建成，亦可证实阿姆斯特丹确为海外华人社会重镇。

佛光荷华寺，就像一扇门，打开之后，全景呈现。沿河街道有中文路名，主干道为“侨德治路”，是不是华人初上岸的地方，叫卖花生豆的祖先们就在这里起步。沿侨德治路走，依次出场饭馆、发廊、中医诊所、房屋中介——伫步看租赁广告，一间八人座店面，上有居室，所在区域约一万人口，月租金一千一百欧元，以此试窥地价贵贱，生计易难。一个老先生从桥上向侨德治路走来，手提蔬菜水果，挟一份中文报纸，桥那头杂货铺出售各种华文报。看他慢慢过桥，停在公寓楼下，在兜里摸索钥匙。犹豫要不要上前搭讪，搭讪无非是泛泛，倘要深入，又非陌路的话题。老人摸出钥匙，开进门去，消失了背影。

傍晚时候，又来到“四环”食街，避开前门的拉客阵，绕到后街，看外墙上张贴的菜单。一路看过去，眼前忽洞开一门，门前站一黑衣人，身材挺拔，肌肤润白，正是东亚饭店会说普通话的男子。这房子到底如何结构的，这里拆开，那里对接。他也看见我们，彼此都认出了，有些不好意思，因我们没有选择他家生意，他呢，大约自觉有拉客的嫌疑，笑一笑，避开了。雨后湿漉漉的暮色里，在这喧嚣市廛的背面，茕茕孑立的身影，让人难忘得很。

在阿姆斯特丹最末一日，需处理的事务之一，就是退交通卡。买卡时，每个人都信誓旦旦保证，余额全数退还，所以便无计算地一味充值。临到退时，才发现事情可不那么简单。为找到近便处的退卡办理，问了多少人，连警署都进去了，不是说有困难找警察吗？又得到多人画下的多张图示，回答与图示难免自相矛盾，误差多多。最终，在一家超市地下室角落，看见一架交通卡自助机器，有个女孩志愿帮助操作，可它认卡不认钱，又只认欧元卡，交通卡的余额必退进欧元卡。最后决定，还是去到火车总站售票处去，说不定还能遇见卖我们卡的先生。这一回却是个女士，态度亲切，手续却极繁复。出示证件，登记号码，填写表格，中英文签名，最后被告知，底卡的押金不能退，这卡从此为我们拥有，荷兰欢迎你们。有什么办法呢，权当交税。离开售票处，外面突然下起大雨，天一下子暗成夜色。这座宫殿式的火车站，变得阴沉。石砌的墙壁、穹顶有年头了，地砖则是现代材料，最新的是自动检票闸口，滴滴叫个不停。我们流连在车站大厅，这早期工业时代的产物并没有忽略建筑美学，也许应该反过来说，那就是蒸汽机荣登皇家宝座。大雨如注，旅客们壅塞在大厅，黑压压一片。我注意到一伙浙江人，有老有少，有男有女，方才下车，与接站的老乡会合。他们先是站着，后来逐一占下靠墙的长椅，挤着落座。看上去，他们乡气未脱，说话也是乡音，但表情泰然自若，并无不安之色，对大雨阻隔也无抱怨。不能简单视作随遇而安，是什么呢？似乎是有一种信任，信任自然造化，命运转折，凭借这信任，走到哪里都有生路。

2015 年 7 月 25 日　上海

朝　圣

去博物馆看名画名作，很像朝圣。比如，巴黎卢浮宫里的《蒙娜丽莎》，断臂的维纳斯——去到那里，能不拜谒一下吗？跟前挤挤的人群，挨都挨不到近处，远远地、敬重地望着，稍事停留，完成使命，方才退步离开，去看别的。比如维米尔的《戴珍珠耳环的少女》，倘若住阿姆斯特丹，就要早起了，乘火车到海牙。下火车就看见满街挂珍珠耳环女孩的旗帜，沿着走去，就到美术馆，已经排起长队，等着开馆售票。这一幢小楼，受捐私人宅第，经改造布置，总还不离生活起居的格式，说是展馆，更像是热衷收藏的家庭。客餐厅、卧室、书房、走廊，满壁的画幅，伦勃朗著名的《尼古拉教授的解剖课》正对着门厅，上楼就撞到眼睛，因为人多热闹，驱散了阴惨的气氛，那个时代，外科手术是可怖的，类似惊悚片。《戴珍珠耳环的少女》则有不期而遇的意思，大小画面里的一幅，不留心错过，再回头上下找，找到心里就踏实了。由于太经常在印刷品上晤面，几乎可称熟稔，乍一见，即像他乡故知，同时呢，亦觉平淡，没有预期的激动。这些名画，一律都要比想象中的尺幅小，颜色暗，暗又不是年代久远的古旧，相反，经现代洗画的技术处理，颜色全焕发簇新的油亮，我说的暗是和印刷品比较，没有那种卡纸的光鲜。如我们这样的外行人，无法将其纳入美术史分析，实际是难以辨别特殊处的。再则，我相信在同时代里，由同类型的材料、技术、题材而使一派风格呈潮涌之势，名画则出于某种机缘夺取先声，突起于水面，为众人瞻目。总之，寻访名画的经历多免不了怅惘，如不是事前的准备，很可能都注意不到它，也正是事前准备使我们失落于期望值。

寻访中最接近朝圣的一次是在罗马。早晨，酷烈的日头底下，大马路混凝土地面反射着白炽光线，炎热与厉亮中，茫然行走十数观光客，仿佛白日梦里的游魂，沿旅游指南到此，却不甚了然何为名胜。孤立一座石砌门楼，看起来有年头了，刻有罗马字的时间与铭文，人们多是视而不见，唯一个老人支起三脚架拍照，于是上前请教。老人显然欢迎我们的问询，表情欣喜，铺开手中地图——是所有酒店免费领取的格式化的旅游图，我们也有，区别在于他的图上布了小小的贴士，写下细密的笔迹。老人来自美国科罗拉多，恰是我们曾去过的小城博德，显然，这一趟旅行是朝觐的主题，所标注地点均与教皇有关，由此又学得一个生字“Pope”，教皇。他认为回答我们的问题必从根源说起，所以建议到罗马第一个要去的地方是梵蒂冈，并且告诉街对面的62路巴士可直达。梵蒂冈本来安排后几日计划，倒不为教皇，而是奔《创世纪》穹顶画，经撺掇，便提前行程，往那里去了。

仲夏季节，正是旅游高峰，罗马被游客占领，仿佛劫城。梵蒂冈人头攒动，放眼望去，沙盘似的广场上有几条流线，是排队的长龙阵，盘互交错，各向目标而去。圣·彼得大教堂，梵蒂冈博物馆，西斯廷礼拜堂——此条路线包括艺术博物馆，《创世纪》就在里面，所以队伍最长，逶迤广场外围，绕街区行，走到队尾就花去不少时间，不等站定，身后又已接续下去，好像一具活物，不停地生长。许多年轻人顺着队伍叫喊：五个欧，五个欧，可免排队！毋庸说，是黄牛了。数百米的长队，五欧元便可换取赦免权，令人生疑，多数采不相信的态度。有随“黄牛”去的，不过是仗了与守卫的私谊，于某一段进入排列，简单说，就是“插队”，北方话叫“加塞”，道德的付出，加上排队者的舆论，所以，常常中断交易，原路返回。队伍虽长倒不阻滞，匀速前进。充沛的日照让人心情好，度假者无庶务缠身，悠闲得很，就不觉是苦事。随队伍缓行，入场已是正午。参观的路线和排队差不多同样漫长，穿过无数大礼拜堂、小礼拜堂、祈祷室；从无数穹顶底下走过，无数祭坛和圣器；无数过廊与侧厅，半数辟为展馆，陈列绘画和雕塑，有旧藏亦有新创，然后是卖品部。照常规，卖品部已是展览的终端，可在这里却远非结束，《创世纪》的天庭画没有出来，而卖品部则反复出现，让人怀疑是不是错了方向，事实上，我们一直排在队列里，向前，向前。路途漫漫，不知哪里是个头。展室里的陈列越来越抽象，进入当代艺术，趋向终止，就在这时，山回路转，陡地进去一扇门，人声从四壁折射，合成轰鸣，一个雄壮的男声穿透而来：安静，安静！抬头望去，著名的《创世纪》正从遥远的天顶望着众生。脚一软，就要跌倒讲台沿，身边那早一步跌下的夫人却被警卫托住双臂，缓缓扶直，看上去很像慢速的双人舞，就也跟着立稳了。讲台上巡回的警卫，大声向人群喊话：安静，不准拍照，不准录像，不准电话！这建筑就像回音壁，本是为传送福音，如今只是将俗世的喧哗放大，灌满空间。人和人之间挤得不能再挤，却都不离开，气氛很像有大事情要发生，难道是教皇接见吗？人们面面相觑，都有些困惑似的，穹顶上的湿壁画本是引我们来的终极目标，终于来到底下，崇拜的心情倒退去些了，仿佛不够伟大。当然，天庭华丽，即便在今天，色彩亦是新鲜明亮，更毋庸说十六世纪初始，颜料和配方都还有限，可以想象当时的惊艳。所以，还是要纳入美术史的大背景，才能认识深刻。走到街上，是下午四时，阳光却没有偏斜的意思，地球停止运转了吗？亲见名作无疑是一种福气，更要紧的，这福气并非信手拈来，而要付出劳动。曾去长白山看天池，火车汽车，到山脚下了，再要换乘吉普，那吉普坦克般地，压过乱草粗石，上到岩壁，余下的路就要靠步行。此时，狂风大作，气温降至零度，伏身埋头，手脚并用，一抬眼，越过山的呲裂，那一池水静静卧着，不禁骇然。那一夜，宿在山里面，日裔朝鲜人开的客栈。同去的友人从卖品部购得一幅油画，作者为朝鲜功勋艺术家，据说曾为万景台作画。客栈开业十数年，卖品部从未售出一件物品，于是，上路时候，经理职员全体站在路边为我们送行。当我与友人回到上海，走在浦东机场，忽然觉出这幅画具有的某种价值，从偏僻又闭锁的国度，陌路的人手，辗转旅途，来到世界的又一隅，隐含未可知的命运。画的尺幅很大，需有开阔的墙面，比如会议室和报告厅，大约是社会主义文艺家擅长的规模。画的是湖泊和仙鹤，油彩很薄，颜色素淡，特别宁静。

伦勃朗《夜巡》的现场，是人间景象。阿姆斯特丹国家博物馆里，占据一整面墙，左右各一名警卫站岗，背手叉腿而立，警惕观察，随时制止好奇的人手痒。是有意安排，或者交通形成，《夜巡》处正是往来枢纽，人们在此集散和休憩。画中人和真人等高，栩栩如生，活的一般，就和观众合为一体，只是姿态特殊。但美术馆是造作的空间，将常态的人和事转化成非常态，所以，画中人物就也不显得突兀。倘若退远，抽离出来，画里画外，一笼统地看，就有戏中戏的效果，大约这也是美术馆的意趣所在。我还很喜欢在美术馆看见临画的人，遇到过一个老人，还有一个女性，所临都是小幅的风景，不定是名作，而是偏于一隅，少有人停留。临摹者身穿工作服，支起画夹，拉一根直线，绷直，依托握笔的手，不至抖出去。绘画显现出手艺活的性质，还有西人对工具的讲究，当属科学和技术的进步。整个上午，就做手指甲大小的一片，笔触的横竖，颜色的叠加，与原作分毫不差，可算作镜像艺术。看他们临画，心中真是静谧，美术馆的公共空间里其实也有着私人性的生活。还有种时刻，不知是谁，恐怕连他自己也未必觉察，越过界限，警报器锐叫起来。于是，人们从角落与廊柱背后悄然步出，探身张望。此画面颇似电影《尼罗河上的惨案》里，游客走在神庙遗址的巨大废墟里，那个俯拍的镜头，大石头从天而落，每个人从各自方位走出来，没有不在现场证明，都带着谋杀的嫌疑。不过，美术馆里的被艺术刷新的历史，总是明亮的，一扫沉重阴霾。所以，在里面走走，懵懂懂的，也很好。身前身后，上下左右，总有什么进入视线，留下印象。那都是经时间淘洗，筛子上的留存物，此刻邂逅，相见然后相忘，际遇里恩情已经惠顾过了，合适的契机里，也许再会相逢，就成故知了。

维也纳的艺术史博物馆就是这样的经历。早春的寒雨中，走进去，温暖的场馆，有换了人间的心情。描绘圣战的巨幅画作，其实很难综观全局，头顶上的部分透视变形不说，反光还模糊了轮廓。再上去，顶着天花板，还有一排，同样看不真切，只是被油彩的光影照耀。就是这样，满满的光影，一劲地往外溢，令你放弃辨别差异，全盘接受。征战的武士与马匹，殷红的伤口和血扑面而来；贵妇身上的绸缎，绅士的黑礼服，妩媚与严峻的脸，圣人、神祇、天使的婴儿脸，顶水罐的裸女，扑面而来；树林，林中小径，断崖上的奇石，田野伸向地平线，还有海，平静和发怒的，卷裹了桅杆，扑面而来；又有一小幅、一小幅，多半是在侧廊的壁上，尖细的笔触，渐变的明暗，有些接近中国画的笔墨趣味，嵌在框架的中心，将目光吸进去，去到另度空间。套叠的展室总是让人混淆，无数次来到同一个展厅，同时还有漏网的，就像台风中心那个眼，也就是盲点，永远擦肩而过，但也许，陡然打开，出现眼前。沿着编码是一个办法，但难免会错数，或者跳数，结果乱成一团麻，索性将错就错，跟着感觉走。时间和闲心终让人平静下来，汹涌澎湃的印象渐渐分出经纬秩序。总体性的，包括展厅的建筑细节——深浮雕、浅浮雕、描饰、镶嵌，繁复到堆砌，却又精致平衡，一并归进观看，此时化整为零，服从视觉有限的局部。于是，尽管你既不太了解美术史，也没有过绘画实践，但还是依着自己的爱好，专挑出一路。脚步不由地慢下来，流连在某一区域和某一件作品。

无论你去过多少美术馆，都必经过这样的阶段，没有一次能够跳跃。就像中国笑话里吃饼的故事，吃第一张饼不解饥，第二张下去也不足，第三张饱了，吃饼人遗憾道：早知道，直接吃第三张岂不节约？事实上，没有捷径可走。记得在慕尼黑古绘画馆，向一位女警卫打听路线，她微笑一指，依序数道：埃及、希腊、罗马、法、德、荷兰——不错，沿着这条脉络走，就可到达所钟爱的，总是让我停留下来的风俗画兴起的时代。每一次都如此，也许是个仪式，但又不止于仪式，还像一个准备，也不仅于准备，抑或就是历史中的时间的性质，你必从源头起步，顺流而下。

就这样，风俗画，那些有人物，有生活的图画，总是它让我安静下来。我喜欢人世的热闹，中国古画的山水总是有寂寞之感，水墨亦是虚无，所以倾向写实的西画。在二维平面中由透视原理，明暗影调立体出来的具体和生动，让人喜悦。说起来有些小儿科，好像看绘本的口味，其实也是，小说的叙述的乐趣，和直观的绘画不完全符合，可是仿佛寻找知遇，风俗画里分明是有故事的踪迹的。乡村婚礼是一大主题，形形色色的人、服饰、食物、酒、踢翻的桌椅、杯盘狼藉，就看绘画者截取哪一个时间段作表现。婚宴的开头部分，人们端坐粗木餐桌周围，故作的矜持里是勤俭的生计，对酒肉的渴望，也预示着之后的放纵，上菜的抬着餐台穿行而来，庄稼人的食量大，那餐台是一张床的规模。画面难免有些呆，却又是庄严，有一种类似中国汉代的敦实浑厚——后来才知道这千真万确是名人名作，荷兰十六世纪的彼得·布鲁盖尔，也知道维也纳艺术史博物馆千真万确是一个重要的美术馆。与布鲁盖尔老实规矩的婚宴形成对比的，题目大意是“婚礼上发现新娘的出轨行为”，场面自然是混乱的，前景上是掩面号哭的女人，在娘家人的簇拥里，外围是看热闹的宾客，背景上有一扇门，门内显然正发生激烈的冲突，不停地掼出东西来，瓷器在地上砸成碎片，画面里有一种滑稽，就像歌剧里谐谑的段落。是出于作画人幽默的天性，更是对日常生活的认识，一季种一季收的循环往复，终于岔开来，生出旁枝错节，怎么不叫人兴奋！这就是八卦和流言的喜剧性。我很感佩这些风俗画作者的眼睛，他们特别看得见有意思的人和事，也可能是反过来，寻常的人和事，一旦成为绘画对象，自然就变得有意思起来。油灯下，老妇人数着收回来的利钱；傍大佬的小狐狸精，互相算计的眼神；赌钱的小男孩子，作弊的手势……市井里的人生，照理上不得台面的，但绘画美学的包容性相当慷慨，这是由直观的形式决定，以视觉的饱满度为价值。画家本身的生活通常会成为题材，也是启蒙运动人本主义的影响吧，多表现自画像和画室，有一幅题名为“画家与模特儿”的作品挺特别，它接近叙事艺术里“元小说”的概念，创作与创作的对象一并进入描写。记不得画家是不是在场，总归是背着观众，画架的一角伸进画面，占据焦点的是模特儿，穿盛装，手持一把弓箭，做射击状，造作的，又是天真的。素材的原始状态呈现出来，也是滑稽，认真的滑稽。这很可能是名人名作，因礼品部有明信片出售，但名不名的，喜欢就好。乡村小学校也是一类，那股子乱劲，大欺小，强欺弱，再合成一股欺师，老师往往是教士，很失体面的样子；老婆婆在黑暗里讲故事，小孩子挤作一团，弥漫着异教的气氛；行旅人在客栈打尖，理发匠修剪脚上的坏疽——行旅人的题材多半有阴森神秘感，他们有的是传教士，有的是行贩，或者是流浪汉，路线通常在偏僻的野地，不期然走进村落，真是寂寞加寂寞，不可测加不可测。云总是低垂的，树丛稠密，暮色四合，唯壁炉里的火，一点点溶开，最后覆盖全部。狩猎是绘画者热衷的创作，我却更喜欢猎物在厨房里的写生，原木砧板上摊开野物，箭杆插得很深，皮毛和羽翎沾了血，禽兽的眼睛还未合上，蒙着一层翳，竹篮里的谷物和蔬果则带有进化的因素，缓和着原始的血腥气，将蛮荒推进文明历史。器皿也是常见的描写对象，多少有一点炫技的虚荣心。酒在玻璃杯里，薄透的杯壁衔在女人的唇间——电影《戴珍珠耳环的少女》，维米尔的太太看到画，愤怒指责：太淫荡了！指的也许就是嘴唇，过于肖真，黏膜是皮肤里最娇嫩易感的质地，也许成为写实画家终需克服的挑战。写实画家免不了入技术主义的牛角尖，以有限的工具对付无限的对象，差异越大试手的欲望越强烈。我顶佩服的是文艺复兴时期的雕塑家，将大理石镂刻成蝉翼般的花瓣，简直要飞起来。罗马博格塞美术馆里，十六世纪初贝尔尼尼的雕像《阿波罗与达芙妮》，被追逐的达芙妮，已经让阿波罗触及，正变成月桂树，但大部还是人形，半启的唇，是处子的惊恐，真是甜美。大理石的材质，在某一方面，和黏膜有着相同的肌理组织，是靠艺术家的手开发出来的。

教士也是流行的主题，黑色的僧衣里，脸色格外苍白，流露出苦行和奉献精神，中世纪的滴血的耶稣身体此时有了人间相。人类的隐忍表情，需要抵挡俗世的诱惑，所以是紧张的，甚至有痛楚。读经的使徒多有点类似后来的印度圣雄甘地，看得出肉身受约束和磨折，镜子反光下的纸质经书，书上的墨字，羽毛笔，表明印刷术时代降临。越来越丰裕的生活资料进入绘画领域，宗教的题材便也物质化起来。我想，物质生产应是绘画者欢迎的，无论以工具材料论，还是技巧和天分，都是冒险，艺术者就是冒险家。总之，东西越来越多，摹写的对象也越来越多。倘若耐心排一排，大约静物画可充当文明史图：螺钿、铜器、土陶、彩釉、瓷、玻璃、金银、麻布、天鹅绒、丝绸……新近有位罗马尼亚电影导演克里丝蒂安·蒙吉，拍摄有《四月三周两天》，还有《越过群山》，他的电影里，人们经常在用餐，我以为他很可能是静物画的爱好者，迷恋光和影在器物上的反射。台湾导演侯孝贤也是有恋物癖，《海上花》里，是油灯的光从丝绸上滑上滑下的效果，到《聂隐娘》，则改成麻织品，粗硬的纤维，浆过，支棱着，大王朝的气象。凡视觉艺术人都爱物质，物质的占位体现了空间，就像化学里的试剂，将无形变成有形。

不同的物质生活里，人的脸也在变化，当华丽的盛装，严肃的礼服卸下，仪式感便解体了，分配成日常起居的细节，表情便从绘画者的直视中解脱，变得生动。闻到情人处死，服毒丧命的妇人，保姆手中的婴儿抱住母亲的脸，父亲则抓紧时机捋下死亡女儿手上的戒指，丈夫打发报信人，翻倒的椅子，水罐子，花窗格子，窗幔大开，窗外的河流，窗下进行到一半被打断的午餐，狗上了桌子，护壁板上的画、挂钟、衣帽钩，倘没有文字说明，很难解释清楚混乱的缘由，但只这场面本身，就足够凄惨，而且暗藏丑陋，暗示一出世情戏剧。风俗画的作者如何处理道德感，令我好奇，似乎不完全能够启用讽刺小说的解析方法回答。在他们，显然还有一种邪恶的美学，是非评判是交给社会学家的工作，他们关心的是表象，外在形态的价值。到现代艺术里，这种外相上的形式被抽离具体的人和物，概括成单纯的图像，那就不好看了，或者说不容易看了。共识的背景取消，需要哲学的诠释，其实与观看的初衷背离了。所以，我的认识程度始终停留在具象的时期，自文艺复兴到毕加索止。

后来，在阿姆斯特丹的梵高美术馆看见有一个配属展览，将梵高笔下人物的原始形象拍摄成照片，梵高曾经居住过的一个小镇，为乡民肖像：邮递员，送奶工，农人，等等。当然，照片里都是现代人，取他们的职业身份，也算是画中人的子息，奇怪的是，他们依然保持着先辈的脸相。梵高粗粝的笔触颇有写实能力，他看得懂人的身体与面部在所处的生活里如何塑形，关键的点又在哪里。

风俗画集聚于荷兰画派，那一位乡村婚礼的作者布鲁盖尔在柏林绘画馆里有一张大幅的全景式的乡村画，农人手艺人形态各异，喂鸡赶鹅，打铁烧火，通烟囱，锯木头……有点类似上海连环画家贺友直先生的市井图。贺先生更写实，这一位，则具仪式感，多少放弃了实际状态的自然性，甚至有意忽略透视原则，很朴素地表现要表现的。好比古埃及人画脸，正面一双眼睛底下是侧面的鼻子。所以，他笔下的生活场景就带有图案性，这也像中国的游园图，《红楼梦》里，贾母嘱惜春作大观园图，倘真作成，大概就是如此。再有，中国古时的地图也是，因是把空间想象成平面，位置方向都不错，却平铺直叙。作为一个航海国家的公民，布鲁盖尔不见得会以为地球是一张饼，更可能是尊重视觉的限度，那当然就是二维的空间，因此，人物都是在方便视觉接受的范围内活动。有意思的是，此幅占据了一面墙的画前面，专提供一份说明图，将人物编号，然后依序说明所作营生。

这一次，是从柏林乘火车直取阿姆斯特丹，一过边境，情景大不同，房屋骤然间多起来，房屋里的人呢，都走到露天，或作田，或畜牧，洗涮晾晒。牛和羊也多起来，马在奔跑。边境那一头，则是整肃、寂静、少有人迹。火车在气象蒸腾的田野飞驰，参与进活泼的画面，成为一分子。如此，便不难解释荷兰画派里的喜悦，过日子的兴头。国家博物馆里有一张圣母玛利亚的画像，文艺复兴时期的圣母像多是发源地意大利的美女，这一幅却不同，是一张村姑的脸，极年轻，混沌未开，所以，就有些像与村里小伙子荒唐，然后未婚先孕。这么说不免有亵渎之嫌，可是，玛利亚不就是个民女，圣婴诞在马厩，成为救世主是后来的事情。这里的耶稣受难图也是另一路的，十字架推至远景，近景是造刑具的工匠，摆摊的商贩，集市已经开张，人们从四方汇合。耶稣造访也是推到后部，画面主体是妇人办炊，活鱼鲜果，鼎沸锅开，大有“有朋自远方来，不亦乐乎”的意思。

我看画不太记得作者的名字，谁是谁意义不大，可却喜欢读标题，标题里通常有故事。阿姆斯特丹国家博物馆的标题格外详细，比如一幅小女孩肖像，标题里写，从衣装和仪态看，正要踏入成人社会，不知道她来自哪一个阶层，也不知道命运如何；比如，第一次入画的市民夫妇，第一次出现在荷兰绘画作品里的黑人肖像，猜想是某一次航海带回的非洲水手……标题以外，还有小贴士，记录观感，比如一幅表现女性私密的图画，贴士写的是——色情与美不能混为一谈！人群中有一位东方人，显然和我有同样的兴趣，他拍摄每一幅作品的标题。因这些文字，画中人变成一个实有的存在，有来历，有命运，亦有归宿，而非杜撰，至于作者，倒变得乌有。通常是在另一个场合，了解作者，书本，这又涉及美术史了；故居，比如代尔夫特，港口停泊的船上，女主人说，看见吗？那里就是维米尔画中的景色，而这里，是画家写生的位置；再有，传记片，总是和浪漫史有关；到近代，就是传媒了。可在美术馆现场，他们都沉默在画幅背后。画幅如此鲜明，占据直观性质的视觉世界，将它们的创作者挤出局，变成无名氏。许多无名的画面留在深刻的记忆里，兀自活动起来，也许已经离开原有状态，包括那个村姑马里亚，出轨的新娘，孤旅中的游僧，还有巴黎卢浮宫的法国绘画馆——那是完全不同的景象，无比的浮丽，袖笼里伸出纤手，左右缭绕，束腰缎带的光滑动在烟雾般涌起的丝绸裥皱里，看不见人，只有艳情，还有色欲。法国人的色欲都是物质化的，不像《戴珍珠耳环的少女》的原始的“淫荡”，珍珠耳环上的那一点光，更可能是对照，用物质对照肉体，提炼出进化。走在美术馆里，被多少世纪的积累淹没，哪里挑得出什么更好，什么最好，只能按你的心意来，挑喜欢的，多看几眼。法国绘画里的美艳难以抵挡，明知道是俗丽，整个巴黎都是俗丽，可就是煽情啊！著名的雷诺阿总是将养尊处优的女人孩子作摹写，那是经过文明养育的肉体，肌肤吹弹得破，对于粗犷的颜料画笔是巨大的挑战，这里面多少有匠作的乐趣，用堆叠达到轻薄，比事实本来面目还轻还薄。似乎和维米尔正走个对头，雷诺阿是要在进化中提炼原始性，织物与器皿被赋予了情色。德加的芭蕾主题，我以为意在舞者的纱裙，化纤还未产生的年代，那纱其实是活物的皮质，本身就是肉感的，一层，两层，三层，打着裥，光投上去，是户内的幽暗的光，有一种私密，在纱和纱的层间互映，小小的巫术。舞鞋的缎制的束带，因绷得紧，亮光突起来，鞋里的脚，有一些变形，担负了不自然的使命，变成文明的暧昧。法国画里的风景，比如巴比松派，美得不真实，像浪漫小说，仿佛不是从天地造化里出来，天地的手笔总是杂芜的，因元气旺盛，当然也不定齐，巴比松就是那一块，精修的盆景，专供出来。那些花呀，即便不在贵妇的瓶中和帽饰上，而是漫坡的芳草地，都是透光。放在美术史里，也许就牵涉颜料的革命，软管产生，从户内到户外，人工采光到自然光，视觉世界裸露，观看的官能性增强，难免沉溺，享乐主义盛行。这时节大约可用中国晚明作比，物质丰裕，风气奢靡，奇技淫巧，声色犬马，然后，外族人就入侵了。知识阶层总是慕古，汉唐是中国古人的追梦，好比西人追溯希腊，但现世毕竟粗莽有力，一味向前，哲思抵不过感官的直接性，那是贴肤的愉悦。

在美术馆里漫行，走过希腊罗马的雄健轩昂，再走出中世纪的压抑——看过一幅木板绘画，想来是从某教堂壁上拆下，将地狱里的酷刑一一描摹，极似佛教的阴曹地府，赴汤蹈火，但进一步地依仗刑具，这就像中国古代的行刑，凌迟车裂什么的，说明工具的应用早已进入宗教，耶稣受难不就是钉在十字架吗？然后，文艺复兴来了，圣人有了俗人的面目，紧接着俗人脱去圣人的外衣，以自己的身份出场，商贩、银行家、包工头、女仆、乡人、脚夫，耕作、集会、纺机、吃土豆的人，再往后，印象派带来户外的光与色，油彩一下子轻盈透明，人生变得优游、惬意、恬静、亮丽，绘画实是感官主义的本质，视觉的灵敏仅次于触觉吧，适当的隔离延宕了时间，动用一点理性充斥空隙，恰到好处。现代绘画多少无视初衷，将不可视的思想作可视，观看就被抑制了。越过直观进入思辨系统勉为其难，敌不过语言和文字。现代主义作品往往无标题，或者题目笼统，不像风俗画标题那么饶舌，仿佛索性放弃话语权。事实上，抽象画的主题基本可归一类，就是虚无，不是中国意境的虚无，带有时间起点的困惑，而是先有了时间，再取消。时间流程里的具象性，人脸、躯体、器物，苹果园里，阳光穿透树叶子，果实被孩子啃得汁水淋漓，即便是有闲阶层的委约，一家人穿着笔挺的出客衣服，神色谨严的画像，好比后来的照相馆全家福，但绘画里人自有一种不真实，不是相对于作伪，而是和艺术有关，对幸福家庭的想象……这些具体的微小的价值，被悉数取消，纳入更高级的哲学，就是虚无主义。题材的开放，自文艺复兴至今日几百年，穷尽了绘画的资料，物质生产似乎也到尽头，对摹写技术的挑战偃旗息鼓，历史将完成周期。毕加索是大师，不敢对他说什么，他确实划分了时代，将具象写实这一页翻过去了。

大师是观看美术馆的导引，就像浮标一样，提示水面下的暗潮。同时呢，大师也会遮蔽其他，将丰富性简单化和概念化。所以，初踏入美术馆，汹涌而来，直至淹没辨识力的那个阶段其实非常必要，一闷棍子打昏，渐渐清醒过来，眼前呈现的不定是谁的画幅，当然，大师们也来了，他们先期占领认知，但感性有时亦会压倒理性，不是说，绘画最能调动感官吗？尤其是我们这些门外汉，并不知道谁是先行，谁是后到。伦勃朗的革命早已成为后来者的道统，遍地都是伦勃朗——不是吗？黑色礼帽底下的人脸，奇怪地明亮着，从深色背景中突起到前景。独特性和风格化被潮汐漫卷，卷裹成一个世代的主流，又逐渐成为意识形态，等待下一个革命者。这就又涉及美术史了。观看者看到的只是一个展室，连接又一个展室，走过多少展室才会起变化，就像处在时间局部的人，历史分解为个别的经验。所以，大师还是重要的，他们的名字标志出阶段性的进步。或许是距离近的缘故，印象新鲜，越到近代，大师的名字，即便对于普通人，也越来越耳熟能详，几乎排列成阵向我们走来。强烈的个人性质，使得时代的总体感都变得模糊，莫奈、梵高、马蒂斯、高更……互相很难混淆，主流分解成多条支流，艺术家不再甘心走前人的老路，而是另辟蹊径，好是好在多样性，缺憾则是一个人的力量总是单薄的，分配到平均就稀释了。然而，背后总还是有一种共同性在起作用，只是走到前台时候，一下子崩裂，四处飞溅碎片。

奥地利萨尔茨堡，莫扎特音乐学院旁边，很不起眼地立着一个巴洛克艺术博物馆，是不是原来的巴洛克教堂旧址？教堂已无遗存，展出内容有限，有一个部分是当年造教堂的草图，壁角、壁龛、窗台、弯拱、穹顶，不是建筑图样，而是类似舞台设计的气氛图的小样，作者全是无名，亦非美术创作，只是为教堂的用途而设计，如今看来，却都是独立成章的绘画。那一小幅，一小幅的室内画，没有人，亦没有安放神像，就有格外的静谧和安详。仿佛无标题音乐，还像是没有作者的赞美诗。记得是一个下雨天，人们都涌向莫扎特故居、城堡、大教堂、著名的粮食胡同，此处清寂得很，流连着几个避雨的人。被草图吸引的除我，还有一个女学生模样的西方人，她很抗冻地赤脚穿一双凉鞋，我的单鞋已经湿透，和她的寒冷度也差不多。她拿着一具照相机逐一拍摄图画，我拿一个好易通阅读标题文字。我们互相看一眼，微笑一下，走开去，过一时，又碰到，再看一眼，笑一笑，真有些知己的意思。看和被看，都是无名，萍水中流连而过。

遍布佛罗伦萨的雕塑，著名的大师名下往往还记有雕刻学校学生的字样，那一凿一斧，削石如泥的手，都是无名者。罗马的街头巷尾，时不时有无题的石头上的人物和神祇，美术史呈现散布和隐藏的状态，有些接近中国内陆的乡村，残垣断壁上的题额、楹联、墓志铭……更多更多，多得多的湮灭于时间，杳无踪迹，我们只能从那些遗存物推测、揣摩，其实已经变形，在继承的复制中进化或者退化。但是，消亡和失传在生态上亦是必要的，它将各类存在的储量控制在适当的度里，与人合理相处的度。和一切接受体相同，直观的容纳是有限的，后天的选择未必最佳，还是依赖造化，物竞天择。如今，视觉实在太过拥簇，什么都在保存中，同时呢，生产力发达，生产关系进步，需要多少墙壁，才承担得了艺术家的创造。实在是太多了，而且有名有姓，眼睛来不及看，脑子来不及记，简直令人发愁。动力革命加速爆发，蒸汽机、电子、化工、数码、纳米、细胞、基因，生产多少新物质，艺术家都是恋物癖。生活材质的变异继续塑型人体，文艺复兴中活泼起来的脸相又一次弥合差异，变得彼此相像，人似乎又一次丧失个体性，但不是归顺神学，而是现代物理学。风俗也在消失，消失于流通带来的同质化，也可能还有，只是退出艺术的对象领域，因为艺术有了更高的哲学的目的，就是解释存在。地球依然在太阳系里运行，日出，日落，斗转星移，风景还在，看风景的人却不在了。艺术史总是要求里程碑，要求划时代的事件，可是，力量仿佛在溃散。每一点都是前人没有，推陈出新，就是聚集不起来，成不了历史趋向性。美术馆里的自画像上的人脸，穿过酱黑，穿过姜黄，穿过镜像，有股子浑然不觉，又有股自恋，将主体当客体，看变成被看，有一些庄子梦蝶的境界，谁在模拟里，又谁在真里。许多时间过去，所有的模拟仿佛石化，都变成实有，那被占位的一个瞬息，在被看里存在下来。即将走进社交圈下落不明的小姑娘，失贞的新娘，讲鬼故事的老婆婆，缎子束带里的纤腰，黑压压的林中小径，上面走着的人和马匹，完全不知道被看了多少年。还有赶海的小孩子，在退潮的回涌中，努力站住脚，提着小铅桶；传令兵勾搭主人家的使女；小姐在深闺写着无人接受的信；莎乐美手里的人头，正在阴阳两界当中，不晓得发生了什么，露出惊愕的表情……生气勃勃的人和事，胜出作者的名——那些拗口的拉丁文字的名，以及出生地，生卒年月，统统留给艺术史的学生去死背吧！

从美术馆的画廊中间穿行，视野里满满腾腾，应接不暇，心里呢，是有一点空洞。直观印象来不及转换认识，形成常识。这些画面，看多看久，亦会生出孤雏的凋零，仿佛墓地里的坟冢，依着编号排序，与陌生人比邻而居，挤簇里的寂寞。在罗马，曾去过一处夏宫，每月头上可入内参观，免票。一个庭院，一座前厅，十来个参观者，手里拿着同一本旅游指南，大约只这一本有介绍。夏宫的历史源于十六世纪，前厅的穹顶画大约是仅存的遗迹，十来人仰头看穹顶，看一时，再到院子里走。院子修葺得整齐精致，小径、花圃、草地、水池、水池里的雕像，罗马花园应有的都有了，却是微型版的。地处闹市，步行即可到达人声鼎沸的古斗兽场，再过去，搭乘 62 路公车，就到了梵蒂冈，那里有著名的穹顶画《创世纪》，夏宫的穹顶就像是凿子下的一星碎片，穿越过辉煌的帝国时期，来到十六世纪，再到今天。罗马的考古层是横铺在地面的，信步走去，就可穿越。也有一种寂寞，用中国现代作家苏青的话说，在人家的时代里总是有寄人篱下的身世感。从这点看，美术史就很重要了，它让同时代的陌生人变成朋友，不同时代的陌生人建立起承继关系，组成一个大家庭。但是在美术史之外，也就是大家庭之外，那些无所归依者，可能是更大量的，用文字史的用语说，纳不进正史，便成野史。

在布拉格国家美术馆，令我惊讶的，有如许多未完成的画幅，粗略的线构上，一半或一多半上了颜料，像什么？像蜕变中的动物，被战争还是革命叫停了，抑或只是绘画者的寿数，无论何种原因，都是中辍的命运，连一张画都不及结束。这些半成品无意间倒透露作画的过程，勾勒轮廓多是大刀阔斧的粗硬线条，是作品的原始状态，脸、身体、战马，呈现几何形状，是课堂素描训练的基本格式，影调还没有显现。此时的艺术者，这些匠人们，几乎成了上帝，上帝说，要有光，于是，有了光。现在，光只照到一半。完成的部分立体地突起着，形态尤其鲜明，真仿佛开天地，清混沌。映照之下，未完成又像是隐匿，遮蔽着某一种私密性，好比与上帝间的立约。那些临摹者的手笔可是要谨慎多了，没有原创的自由权，有的是虔诚，如同对造物的遵从和驯服。严谨细密的人生自有价值，暂时无法提供新东西，但是，认真不懈地复制，复制，复制，积累人手功能的总量，四面八方汇聚起来，终能够质变成原创力，由上天选择的那只手，实现飞跃。

这样的无名状态，不知是由什么结束的，美术史似还不足承担咎责——米开朗琪罗、达·芬奇、伦勃朗、维米尔的名字仅囿于美术史，似乎从梵高开始，背景性的资料发展成显学。梵高听说兄弟喜得贵子所作的一树樱花，在日本版画式的平涂蓝色里绽放，人们看见了凄惨人生中的慰藉，临终前最后一幅作品上叠加的油彩，失去焦点，真就像呓语，令人心惊。高更的故事也来了，带着南太平洋热烈的阳光，“六便士的月亮”。罗丹的轶事就像坊间传言，一下子弥漫开来，为他的那些泥巴堆成的人体——听起来真像是上帝造人，注入进情欲，还是人体里的荷尔蒙外溢……现代艺术者的个人生活显然放纵得多，制造奇遇的几率越来越高，回过头去，米开朗琪罗的生平就和一个店铺伙计差不多。也许是那个时代太恢宏，私人遭际微不足道，个体融入集体，类似社会主义的文艺创作。日本文化学者加藤周一先生，曾对我有一番教诲，先生认为古典艺术的辉煌在于有一个他者，就是神，现代主义则以自我为出发。先生说，十三世纪无名的工匠建筑教堂、神殿、皇宫，无意创造风格，可是风格产生了；现代艺术家每一个都在发挥个人风格，结果是，彼此相像。本来，社会主义艺术有一个机会，因为出现一个他者——无产阶级，可惜没有成熟。如果我没有理解错先生，大概就是这个意思。“他者”这个词，不知道用的对不对，语言经过转译，差异是难免的，总之是自我之外，更可能是自我之上的某种存在。启蒙运动里的人本主义将自我解放出来，就好像剩余价值解放资本，从此走上不归路。

叙述性的元素支持着直观的二维空间，同时也在削弱，视觉世界变得可疑，要求诠释。于是，创作者的童年记忆，性格，命运，所有情节性的部分，全成为观看的辅教，甚至有上升为主体的趋势，画面则成为配图。然而，二维毕竟比一维占位大，一旦走进美术馆，满壁的画，扑面而来，你简直招架不了，什么美术史、个人史全抛在脑后。线条、颜色、明暗、光影、画布上的小颗粒、刮刀的痕，这些单位性的元素，结构成具象的人和物，是我们共存的世界的表象，藏在时间空间的裥褶，此时袒露出来，送进眼睛里，你就只管看好了。

2015 年 9 月 24 日　香港

第二辑

《天香》的地名志

动笔写《天香》之前，很要紧的功课是为《天香》画一张地图，它是故事演绎的舞台。由于年代久远，那情那景非是我辈人可以想象；也是因为年代久远，不敢任意妄为，动辄得咎，反而更成拘束。需要有切实的依据，方可行动，真有些如履薄冰，如临深渊。这就是历史的压力，让人不敢轻薄，即便是虚拟，也要按规矩来。

以我一个非学者非专业人极有限的资源，能够找寻到最早的上海地图是清同治年间上海县城简图。顾名思义，那时候，上海还只是县治，行政属松江府辖下，毋庸说是前朝明代了。从地图看，区域自然不大，由一周城墙圈起。这一圈城墙后来被十四路电车环线替代，至少保持到上世纪八十年代的地图，西北半环为“人民路”，东南半环为“中华路”，从这地名就可见出时代的演变。在这环线，也就是当年的上海县城内，西北角上，有一条南北向的小街，名“露香园路”，大致应是晚明时候露香园所在，那就是小说里“天香园”的前生。有意思的是，在同治年间上海简图上，并没有露香园的标记，却有青莲庵和九亩地。猜想在清同治，那园子早已经湮灭，园子里的青莲庵竟还在，“九亩地”本是园地，因徐光启用于农事保存下来，在 1913 年到 1917 年间，旧址上曾矗立过一座戏院“九亩地新舞台”——这纪录来自一本日本“大修馆书店”出版，编撰至一九九八年的上海历史地图，它是我搜寻到的最详细且最明白的地图。历史如何选择记忆和遗忘，从地图也可窥见一斑。

再回到同治年简图，县城以内，主干交通是为两条东西向水道，北边为“方浜”，南边为“肇嘉浜”。这两条河流在我生活的年代已是两条马路，保留了原名：“方浜中路”和“肇嘉浜路”——两条河穿过县城，流入黄浦江。在县境内，密密排列着横跨南北岸的桥。方浜上的桥名多半是吉祥的：益庆桥，长生桥，如意桥，广福桥……肇嘉浜上的桥名则呈现出城区规制和社会进程：从东边起是“曼笠桥”，一幅渔樵图画；向西行为“鱼行桥”，已经成市；然后，“阜民桥”，是为治政安民；接着，“虹桥”“登云桥”，士子入途；一路向西，则以姓氏取名，“庄家桥”“曹家桥”，施德善者莫非士族富户，两个文明建设，走出荒蛮……如今，因河道填平，桥名也消弭了踪迹。其实，路名是城市考古层之一种，它层层叠叠，从原始到今天，按序记录下演进。有了这些桥，小说里的人物就可以往返来去，将生活的范围扩大，有机会生发情节，故事就丰富起来。

我将天香园造在方浜的北边，申家的宅子则在南边，主仆在方浜上过从，忙碌得很，气氛也就活跃了。方浜上有自家的码头，单是一具码头还不足用，又造了一具小码头，直接通到厨房，反正那地方水多，纵横交流，那家人又讲究吃喝，不惜银钱。曾在周庄沈万三宅里，见识过这样的小码头，很觉有趣，也有实施的可能，这时候摹下来在纸上造一具，供笔下人物使用。日常进出多从方浜上走，一旦涉入肇嘉浜就有些隆重了。比如镇海媳妇殁了，柯海拉镇海散心，去龙华寺，船就要从方浜过穿心河，入肇嘉浜。肇嘉浜西过凤仪楼下，流向江南腹地，后来的上海市就是背依黄浦江往内陆扩大。镇海这一走不要紧，再不得回头，直走到世外。天香园绣第二代传人，武陵绣史沈希昭，嫁入申府，那一领花轿，从南宋都城杭州来，就是从肇嘉浜上岸，这可是举足轻重的大事情，从此海上生明月，锦绣章华！

蕙兰的夫家且放在了三牌楼。三牌楼与四牌楼似乎在清嘉庆方才出现地名，位置在方浜和肇嘉浜之间，我以为市井之地，于式微家族的儿女婚姻，可谓下嫁，却也有一种实惠。先是戥子天天来做小工，方便交通，将来蕙兰设帐授艺，所学者多半平民女子，也可步行抵达。既要以绣艺养活生计，就必要交换，店肆商行是不可少的。那三牌楼四牌楼听起来一定是闹市，熙熙攘攘，气象繁荣。又近着徐光启的九间楼——一九五六年上海地图上，与四牌楼并行着徐光启路，对照“大修馆书店”地图看，万历年间的九间楼是在光启南路，因就是以徐宅九间楼得名，可得民主开放风气，灯奴长大与仰凰结交也有可能。最奇妙的，似乎是机缘所至，徐光启路岔出一条横向短街，名“昼锦路”，这倒是始料未及的，难道是专等着绣幔中的出品：《昼锦堂记》？虚构与事实就这么无意间邂逅，再分离，又邂逅，天意与人心也是每每相合，这就是写作的乐趣。

今天，高架桥从空中纵横，地铁线在地下交错，那旧城的遗痕到底经不住这强悍的笔触，嵌在膨胀的城区中，连弹丸都不是，不用吞，吸口气，就没了。不是吗？“南市”这名字也从地图上取消。幸而有小说这样东西，可臆造空中楼阁，寄存一些莫须有的名目。

2012年10月10日

获香港浸会大学“红楼梦奖”之际

公共母题中的私人生活

母亲茹志鹃写作的旺盛期，正处于社会主义建设的高潮。世界冷战的背景下，中国大陆独立自主势在必行，一个崭新的工农政权要求着符合自身初衷的精神价值，文学作为文化重构的方法和力量，归并意识形态，共同实现共和国的理想。如我母亲这样，于流离失所投奔革命，接触中国式的共产主义理论，因而改变生活走向的写作者，难免对社会抱着激进的态度，更是自觉承担起使命，期望将一己之力，纳入全体，为他们誓言过的人类目标服务。

然而文学写作却是一项奇特的劳动，非同于物质生产，不仅为共同的需要主宰，还相当程度地依赖于个体的经验、感情、认识。在我母亲，无论身世、遭际、性格、气质，都决定她是一名小资产阶级知识分子，于是，她的写作几乎从开始起，就面对处理一种紧张关系，个体与集体如何兼容并蓄，两相关照，而这胶着状态，最后却也形成唯她独有的——以“风格”论似有不足，说是“世界观”又太重大，或者是心境吧！当时，茅盾先生肯定的《百合花》，想是因为在史诗性的战争题材中，攫取了如此纤细的人和事，而日后母亲写作最遭怀疑的也是此，甚至生出固定的词组："家务事""儿女情"。上世纪八十年代，新时期文学的发轫阶段，母亲专以这批评为题目写作两篇小说：《家务事》和《儿女情》，是为自己平反，也是替"家务事，儿女情"正名。但其实，即便在那个严格规范私人情感的日子，母亲依然透露出专属她自身拥有的表情，除去字里行间不经意的渗漏，亦有完整的篇幅，穿越主流落脚边缘，独立于时代的忽略之中。

至今尚记得那天晚上，母亲给我们讲故事，关于一个名叫也宝的小女孩，飞越孤儿院。我们追问之后怎样，母亲回答不知道，姐姐哭了。我没哭，但心里的难过久久萦绕，这就是短篇小说《逝去的夜》。听故事的时间仿佛在学龄前后，姐姐则在二、三年级之间，因记忆中父亲还未来到上海与我们团聚。后来搜索母亲留下的记录，见《逝去的夜》发表于《上海文学》1962 年 6 月，比听故事的印象要晚近一年光景，所以，很可能母亲给我们讲的是构思中的雏形。受茅盾先生表扬的《百合花》发表于 1958 年 3 月，自此，母亲的写作进入特别顺畅流利的状态。1960、1961、1962，这三个年头可说是高峰：《高高的白杨树》《静静的产院》《三走严庄》《阿舒》——仅在 1962 上半年，就发表了《阿舒》的续篇《第二步》《给我一支枪》以及《逝去的夜》。对别人可能算不上什么，可母亲是个慢手，并且上世纪六十年代无论阅稿还是审查都远比今天严格，付梓印刷周期也长得多，文学期刊少而又少，总之，文字的吞吐量极有限，因此，景象相当繁荣。看得出，我是企图还原那个时间，在那个时间里，有一个名叫“也宝”的小姑娘浮出水面。之后，过去二十年，在母亲的长篇小说《她从那条路上来》里，她将再次登场，这一回，母亲坦然亮出自传体小说的底牌。母亲去世以后，我找出《她从那条路上来》第二部的遗稿，整理成三万字篇幅，这三万字写的就是也宝在孤儿院的始末，大大扩容了《逝去的夜》，情节细节更多，人物面目更清晰，更重要的是，作为自传体小说，写作者的主体身份更为肯定了，而母亲的写作中，这一个体往往是隐蔽的。

1962 的年景似乎不错，全国范围的大饥馑过去，父亲调入上海人民艺术剧院，回到家庭生活固然很好，尤其难得的是重归导演老本行，想来之前已摘去右派帽子，彻底改正还需耐心等到二十年之后，为历史纠偏的时节。在此，母亲写作中那个紧张关系似乎得到纾解，呈现出缓和。《逝去的夜》，固然能以阶级观念解释为旧制度的不正义，但具体到也宝的处境，却是宗教的虚无与世俗生活的强烈对峙，贫困是贫困，可热辣辣的人间无论如何都是令人向往的，那一个泥娃娃，人称“大阿福”，被也宝抱在怀里逃出英国教会孤儿院的，就是人间的象征。《逝去的夜》的小说名如今看来似乎也含有隐喻，喻义时代灯火的阑珊处，规避了批判和讴歌的集体主题，偷渡出来私人生活。

从所存资料看，在相对松弛地书写了个人经验的《逝去的夜》之后不久，母亲的写作又陷入紧张关系。接着，还是 1962

年，母亲发表的是小说《快三腿宋福裕》，与其说虚构，毋宁认为是一篇人物特写，写的是人民公社的劳动模范。下一年，母亲在郊区的乡村体验生活，“体验生活”的说法暗示着一个概念，那就是所谓“生活”是有所界定的，并不是所有的人和事，而只是为政权主体认可的一部分。这一年里，母亲的创造力相当稀薄，只有短篇《回头卒》，描写一个心怀私欲的农人精英，反应是冷漠的犹豫。自此便是十数年的搁笔，直至1977年写作并发表短篇小说《出山》。

2013年5月15日　上海

世情与神话

《红楼梦》的世情故事背后，其实有一个神话，在中国人的信仰，就是前缘。那一僧一道，即茫茫大士与渺渺真人，担任了世情与神话的牵线人，往返于两个世界，传递消息，互通有无。是他们将那块女娲补天遗留的石头携入人间，为启蒙石头的凡心，偏就带它到人欲最高涨的地场，好得顿悟。那是什么地场呢？在姑苏城里阊门外十里街葫芦庙的乡宦甄士隐的一个白日梦里，得悉了端倪。原来正值一段风流公案，源起于西方灵河岸上三生石畔——所在为另一种天时地理人伦，时以“劫”为计量单位，一劫有千万年，多少事物从无到有，再从有到无，人们常说的“世上千年，洞中一日”，大约就是那个“洞”。后来宝玉梦中冶游，接应他的警幻仙姑，便自称居住“离恨天”上“灌愁海”中的“放春山遣香洞太虚幻境”。三生石畔有一株绛珠草，得一位赤瑕宫神瑛侍者日日浇灌，从草木中脱胎为女体人形，而且有情，得知那侍者已在警幻仙姑案前挂号，要下尘世游历，便决意跟随而去，用一生眼泪偿还甘露之恩。以此看来，“洞”中的时间洪荒里，人和物的边界是模糊的，亦无所谓男女，比较实际的说法，是不是可借用弗吉尼亚·伍尔芙对《呼啸山庄》的评介："有爱，然而却不是男女之爱"，接下来又说："……不仅仅是'我爱'或'我恨'，而是'我们，整个人类'和'你们，永恒的力量……"东西方在这里分道扬镳，他们是人的世界，并且是行动的哲学，要与"永恒"对抗。我们，则最终归于永恒，合二为一。但在"不是男女之爱"这一点上，却有共通。西方人讲的是"力量"，中国人是用"元气"命名。话说回去，就是绛珠草和神瑛侍者的渊源，引出一干风流冤家。僧道二位将石头交付于警幻仙姑，由其安排，以后的事，大家就都知道了，京城荣国公贾府上，诞下一个衔玉的公子，取名贾宝玉。

盛世中，显贵人家，一段风月，称得上繁华似锦。用僧道的话，就是"富贵场""温柔乡"，为红尘中的最热烈。临出发前，僧道预先告诫"切莫后悔"。往后，那位警幻仙姑的妹妹，以贾蓉媳妇秦氏为变身，分别向宝玉和王熙凤提出两项警示，都在梦中。一是宝玉在秦氏房中午眠，以伦理说，这安排多少不合纲常，因是叔叔和侄媳的辈分，于是透露出"温柔乡"情色的本相。午眠中，宝玉被警幻仙姑领入太虚幻境，沿先前描绘来定方位，此处应是修炼幻化之后的所在，绛珠草得换人形就在这里漫游，类似《圣经》里神创世纪，划分出天地昼夜，之前的"空虚混沌，渊面黑暗"大约可比作"西方灵河岸三生石"，而那石头所来自的大荒山无稽崖青埂峰，则是更久远，用现代物理学的话，就是时间的起点。因此，那石头从时间起点来，借三生石神瑛侍者人形，经太虚幻境警幻仙姑案前发送，来到人世，已是三级跳。此时回去，本当是故地重游，但无奈仙俗两隔，就成陌路。在这宇宙洪荒，“太虚幻境”就只其中一小点空间，看书中写，仿佛一个园子，亭台楼阁堆叠，重重复重重，荣府为元妃省亲修的大观园，似乎就是一个人间仿本。华美在其次，别致是在设置，宫门内两翼配殿，门额连接，每一门为一司：“痴情司”“结怨司”“朝啼司”“夜怨司”“春感司”“秋悲司”，等等，从辞藻看，便是缠绵悱恻，缱绻难解。宝玉选“薄命司”入内，翻阅册子，出来又观摩歌舞，并不得要领，警幻仙姑虽失望却也在意料中，交他给妹妹，继续开导。方法不外是“站得高，摔得重”，先尽善尽美，然后尽恶尽丑，好比民间故事，老和尚带小和尚下山，看见美女道是猛虎，小和尚说，猛虎真美！宝玉有慧根，不会在名实之间混淆，但因未到觉悟之时，所以半途醒来，大叫：可卿救我！那秦氏听见只觉诧异，惊奇宝玉怎么知道自己在家的乳名，可见对梦中的真身也无觉察。这是一回警示，专针对“温柔乡”，再一回则向“富贵场”，启迪的人物即是王熙凤。

这一个选择稍费思量，宝玉是神瑛侍者，专为情事下凡，凤姐呢，又是何样的前缘？宝玉进到“薄命司”，在“金陵十二钗正册”读到王熙凤的命册，我一直疑惑王熙凤的命册为什么在此处。她非情种，警幻之妹对其开蒙也不在情欲，从尘世种种行为看，亦是权势的行使人。册子中她那一页所书所画，以及红楼梦十二支曲中，属她的一首“留余庆”，所暗示多是在世事无常，无涉风月。以“薄命司”题额看，确不止对儿女事，所属太虚幻境，也可解释面向全天下。但警幻仙姑自许“司人间之风情月债，掌尘世之女怨男痴”，“薄命司”正在她辖下。其间的分类似不明晰，难道所谓风月怨痴是对人欲的泛指，万事万物，都是有情？总之，秦氏临终时节给凤姐一梦，伦常中，凤姐长一辈，梦中固然也称“婶婶”，但教训的口吻相当森严。给宝玉的提醒是身体实验，对凤姐是提供措施，防患于未然。此时在第十三回，秦氏预见的赤字危机之后竞相显现，到第五十六回，凤姐有恙，暂时由李纨、探春、宝钗三人打理财政。李纨接管还名正言顺，同是子媳辈，属权力平移；探春却为下一代，且是庶出，就算特殊人才使用；宝钗呢，她是外家，性格又含蓄，素不过问闲事，多少有些奇出。要就是凤姐用来平衡探春的犀利，所谓一个唱红脸，一个唱白脸。宝钗则碍着姑舅姊妹脸面，不得不应承下来。总起来看，这三人有些不怎么搭调，彼此都非姐妹中最投契，三个中有两个未出阁，能有什么理财经验，亦可看出府中用人的紧凑。这三人一起议事，得出的结果，归成两条，开源和节流。前者是规范主仆的月钱，删除赘用；后者是分配承包园中项目，缴纳管理费，节余自留。比较秦氏给出的建议，或可缓解眼面前的惶遽，却无从挽回大趋势，眼界明显不同。然而，无论如何，这都不该是深闺中的话题，还是要查阅册子，考证前定的身份，再来推测，为什么是她们。

这几位都在正册。以正册、副册、又副册的排序看，实是有谱系的。正册中，黛玉与宝钗合一题，兼“德”与“才”，列榜首；其次贵人元妃；第三名竟是探春，姑且英雄不看出身，无所谓正庶，或论长幼，迎春应在之前，事实上，隔了湘云和妙玉，方才轮到迎春。显见得，仙籍中的座次并不与人世间对应；还可见得，探春的前定，身份颇高。探春命册的诗赋，亦是有“才”，与宝钗的“德”又成对子，但宝钗守拙，探春则锋芒毕露，这一点又像黛玉，但起点也不同，一是世功，一是重情，境界就有高低。理财一类的俗事，黛玉绝没有兴趣。李纨的排位就更靠后了，甚至低于晚一辈的巧姐儿。蹊跷的是，秦可卿更末，这就有些费解，照理，警幻仙姑的妹子，又担任提醒的要务，地位应更高不是吗？看起来，太虚幻境自有阶级分层，原则在俗规之外。

秦可卿，即警幻之妹启迪的二人二事，贾宝玉的情色，王熙凤的富强梦，后来，正是这两位，暗遭荼毒，被施魇魔法，迷失心窍。所以，那市井中人马道婆目光瞅得相当准，下手也狠，一着见效，也可谓天怒人怨。正无药可救，来了癞头和尚和跛足道人，外表不堪，但定睛看去，却目有宝光，合得上大荒山无稽崖邂逅石头的僧道形状，“骨格不凡，丰神迥异”，如今披上了臭皮囊。这二位不时穿梭于仙俗二界，宝钗的冷香丸是和尚给的海上方，金锁也是和尚给的；贾瑞相思王熙凤成病，是道人救助，可惜贾瑞无慧根，求生不得反催死；到高鹗所续的后四十回里，往返尤其密切，但我以为此僧道已非彼僧道。此僧道是真僧道，彼却是借名，名义底下另有属实。于僧道而言是通行天意与人事，在《红楼梦》却是真和假。人们都知道，甄士隐是“真事隐”的谐音，“贾雨村”则为“假语村”。甄士隐梦到有一干风流冤家下凡，窥得天机，必有天谴，果然祸事连连，正心灰意冷，遇见跛足道人，两人对答如流，速成知己，于是结伴而行，一去不回头，应了“真事隐”。在此同时，昔日里的旧交贾雨村几沉几浮，进到维扬盐官林如海家塾，学生只一名，就是林黛玉。巧的是，林黛玉赴京城投奔外祖家的时候，正值贾雨村官复原职，于是委托同行，护送贾府。就此，拉开帷幕，进到“假语村”。

倘若用“真”和“假”各命名太虚幻境与贾府，也就是前缘与今生，有册子在，有僧道二人往返，都可对得上，但偏偏又有个甄家，不免就含混起来。那甄家与贾家，处处相应，一在南，一在北，同是显贵，亦各有一名宝玉，也是与女孩儿亲，要说区别就是一个衔玉，一个不衔玉。因都是望族，就有交道，两家还同时有人在宫中，甄府进京朝贡时候，就顺道来贾府送礼请安，与贾母应酬中，谈到甄家大姑娘二姑娘，似就嫁在京城，得贾家照应。一旦看见宝玉，来人不由大惊，说是与他家宝玉从模样到性情一无二致。然后呢，宝玉便做一个梦，梦中有一个园子，酷似大观园；又有一处院落，仿佛怡红院；里面有一个少年，也叫宝玉，上前热络时，那宝玉却被叫走，这宝玉大叫：“宝玉快回来”，让袭人丫头推醒。接下来的对答颇有意味，袭人戏噱问：“宝玉在哪里？”宝玉说：“才出去了。”从“我”投射出“他”，成一道哲学命题。而袭人注意到对床放置的大镜子，做出现实主义的解释："是镜子里照的你影儿。"我以为，这一处闲笔倒可作入径，寻查"甄""贾"二府的机枢。这"甄府"会不会是"贾府"的蝉蜕？太虚幻境石牌坊两侧对联，其中一句："假作真时真亦假"，"贾府"是"假作真时"的"真"，反过来，"甄府"则是"真亦假"的假。这一对"真假"非那一对"真假"，这一对是人间相，那一对是"洞中"和"世上"，无限和有限，用现代的话，就是弗吉尼亚·伍尔芙指出的"我们，整个人类"和"你们，永恒的力量"。甄府和贾府互为镜像，因此，贾宝玉床前的镜子就不能单纯视作摆设，实是一个隐喻，隐喻一种相对论。比如，宝钗黛玉的德才对比之下，又有宝钗与探春一对；宝玉黛玉木石前盟之下，又有宝玉宝钗的金玉良缘，再有与湘云的麒麟之雌雄，与妙玉则槛外人与槛内人；措筹元妃省亲，府上去苏州买来一班小伶，正是十二尤，暗对十二钗……如此层层叠叠，用西方人的形容，就是中国套盒吧。

高鹗续写的四十回里，甄家的出场大大频繁过前八十回，人和事也越加具体。之前，多是曲笔，其时，就成显学。甄家的仆人投奔到贾家，有名有姓，叫个"包勇"；甄家老爷也现身了，名字甄应嘉，与贾政茶叙一番；接着，甄家的太太竟真带来他家的宝玉；两个宝玉相向而坐，款款而谈，谈话的结果不怎么样，贾宝玉给出两个字："禄蠹"，正是他平生最嫌烦的人类，似乎有拆分的迹象，可是却没有继续。不只是甄贾两府走动得勤，连贾雨村与甄士隐都有了会晤，会晤的地点在哪里？巡察路上，经知机县，急流津，这两个地名用意明显，不外是机缘的意思。渡口有一座小庙，后殿一间茅庐，庐中一名道士，就是甄士隐。两人对谈几句，论的也是真假："真亦是假，假亦是真"，这里的真假即世人所识的老庄，不免变成道学。原本"甄"只是个托词，续者却托实了。

事已至此，很难推演红楼何以曲终，后四十回，依着册子与歌咏安排归宿，不可不谓小心谨慎，有呼有应，但止于人事，而非仙缘。续书与原创毕竟是同时代人，终有一些集体无意识，至少，宝玉黛玉的结局尚合乎前定，一个泪尽而情偿；另一个呢，大雪天，旅途中告别父亲的一幕令人动容，真就如空空道人批阅石头故事所题：一把辛酸泪。然而，事前所写，当宝玉有出世之心，与宝钗那一番讨论，却很扫兴，无非儒释道之争。宝玉只得采两全之计，中取乡魁，遗下珠胎，完成义务再投空门，做了又一个甄士隐。于世情故事是圆满了，但在曹雪芹的初衷，那一个石上神话，究竟了断在哪里，上天入地也无从猜测了。

2015 年 5 月 29 日　上海

注："《简·爱》与《呼啸山庄》"，弗吉尼亚·伍尔芙著，瞿世镜译，联经出版《论小说与小说家》1990 年 12 月

当我们讲故事的时候我们在讲什么

事实上，当我们走进小剧场的时候，就已经做好准备，迎接理解力的考验。你多半会看到极简的舞台，极简的装置，极简的演出者，某些时候，你自己也要承担演出的一部分。然后，暧昧和晦涩就来补偿极简主义。你很快被搞蒙了，努力开动脑筋，发挥想象力吧！现代艺术的概念，不就是参与？受众和创造者，合力完成作品，同时，混淆了观看与被观看的界限。又一道哲学命题出来了，何为艺术，何为人生？小剧场在戏剧者是试验场，在观众则是大课堂。

《乌合之众》等待我们进入的，就是这样的开场。应该承认，多少令人意气消沉。上世纪八十年代初始，先锋艺术运动激动起的兴奋，如今趋于平息。在这三十年里，离群索居的我们，突飞猛进，追赶古典浪漫主义到现代主义、再到后现代百多年路程，可说一波也没落下，终至并驾齐驱。在每一轮盛衰周期的缩短中，难免会有省略。容易省略的总是那不打眼的，可恰恰它，也许是本质性的因素。

舞台，说是舞台，实只为一个概念，边缘模糊，随表演区移动伸缩消长，临时取放一两件道具。演员总共六名，三男三女，一律着黑衣，随机更替角色。演出在讲述乌鸦的故事里开头，这讲述还将贯穿在以后的时间里。是为了对情节做出诠释吗？现代艺术几乎就是一部诠释史。诠释分散了本来就不集中的注意力，关于乌鸦的故事过于迎合剧名“乌合之众”，这剧名中的含义且过早为整部戏剧下了结论。但还是有一点感动，为创作者的鲁勇，竟敢于直面观众，大发议论，将隐喻变成明喻。更为冒险的事情还在后面，当演员终于进入角色，演绎情节，不时以第三人称立场念出动作与心理的客观描写，也就是剧本中写在括号里的提示。两军对峙激战正面表现舞台，限制很大，尤其有了电视电影，视觉的胃口扩张，从另一方面说，变得迟钝，需要所谓的冲击力。创作者基本上把交代的重任交给口述，接近小说朗诵，剧本通读则强化了语言的线条性质，三度空间在消解。

虚构的成因还未聚集起来，筑建成事实，存在是相当脆弱的，经不起任何离间，稍不留心便会溃决。倘若离间自有使命，是为形成再一个虚构，就是“戏中戏”的套球游戏，接近“元小说”的模型，那就要求有加倍紧张的关系，风险亦成倍增加。这些实验在上世纪八十、九十年代风行一时，现如今也已疲倦下来。此时，局面似乎不容乐观，一无规定的舞台，平铺直叙的讲述，没有面目的人，主体与客体的时聚时离，具体性被抽象的企图瓦解，所有的元素都在涣散。依然有一点感动，还是为创作者的鲁勇，致力从个别中提炼普遍规律，重新覆盖个别。觉得出在茫然中摸索，抓挠不着，却坚持不懈。终于，虚无中打捞起一件实物。我以为，就是这件实物，扭转了颓势，就是鞋子。

一双双鞋子登场，布满地面。视野中有了占位，空间划分，形式感回来了。又不单纯是形式感，毕竟是戏剧，而非装置艺术，这两者越来越走拢，边界交错，但最终还是在容积率上分道扬镳。戏剧中的形式需要承担叙事的职责，同时被叙事所限制，纳入规定，负荷沉重得多。鞋子这件实物颇有些意味，它的外形可说直接写实人脚，坊间民俗常用作暗示。记得丰子恺先生有一篇文章，写战乱中阖家避难乡下，曾单独回城办事，一人住在空房，将孩子们的小鞋子排在床前，以解思念之苦。有朋友探访，见此情景大呼不可以，原因是“阴气太重”。“文革”中有一本流传地下的手抄本，名字就叫“一双绣花鞋”。例举这些，是证明鞋子的寓意已达成公认，象征获取人间形状，与常识接轨。当舞台上站满鞋子，意义浮出水面，观看的耐心开始收取回报。先前的沉闷没有白耗，而是集蓄能量——鞋子这符号，其实是一个允诺，正在接近兑现，时间已经到第九场。

暴力以革命的名义，伤及无辜，然后君子报仇，十年不晚——这些都在可以想象的范围，又因缺乏细节显得笼统，当然，我们很难向写意性要求细节，只是到此时为止，写意并未显现效果，那就是思想。对写意而言，思想的负担更为重大，因为它取消了局部的趣味，在所不辞，就有义务提供全局的概念。语言的修辞不顶用，乌鸦的插叙不顶用，连鞋子这近乎显学的符号也不顶事了，符号说到底是事实的附属，皮之不存，毛将焉附？肖真的事实被罢黜，不肖真而肖虚的事实逃脱不了干系！

转机出现在复仇活动的桥段。事情还是要回到具体性上，无论具象还是抽象，在戏剧都要提供给视觉以对象。某种程度，戏剧比小说还更具体，小说以语言传达，总归是间接的，而舞台与受众面对面，短兵相接，要想搪塞过去可不容易。这里的具体性，不是相对于抽象，而是在内容的实有，也就是故事。接下来就好看了，情节跳出既定概念的窠臼，透露新概念的迹象。概念是抽象美学的命脉，它挑战着视觉的写实性，既然选择在刀锋上走路，就只有走到头。事情确实令人意外，想象和思辨突然释放出来。受害者对暴力宣战了，武器依然是暴力，此暴力又非彼暴力。前者是无序状态，后者却呈有序；前者无计划，后者有计划；前者是盲目的正义，后者是自觉的正义——可怕就在这里，暴力有条件地获得合法，有辜与无辜一并付出代价，然后，再一轮施暴开始。周而复始，循环不已，且不是单纯的循环，而是进化的关系。原始暴力中的质朴退去了，一轮又一轮添加理性，量变到质变，形成意识形态，意识形态成为手段，暴力的合法性再升级……舞台的黑洞急速进入物质，含量积累，转化辐射。

我想，局势的转化固然在于情节的意料之外，更关键是这情节顺应现实逻辑的同时，具备一种动力，可将一推至二，二推四，呈几何级数激增。还像菌类，可无限繁殖，开出黑色的肉质花朵，连接成地衣。这就是抽象长于具象的功能，以日常况味的损失为代价，但规则感显现出理趣，给予哲学的享受。创作者完全可以更有自信，相信故事本身就尽够了，不必赘加解释，尽够自给自足，自圆其说。

听作家刘恒说，北京人艺排演他的话剧《窝头会馆》，最末一节，死者有一大段独白，按常理，演出依超现实的方式展现，刘恒恳求道，能不能以现实方式演给他看一遍。这恳求很有意思，如刘恒这样写实型作者，在他的世界里，现实是无限广阔，完全可能覆盖超现实。我挺期望喻荣军的《乌合之众》，也能依写实的方式排演一遍。我相信，写意戏剧的功效，不会因日常生活的外相而遮蔽，相反，外相的生动性也许会提供给隐喻不期然的支持，比如说鞋子。现实的合理性更像出于造化的手，艺术者其实都是造化的模仿者，那《乌合之众》故事的核，听说就来自这城市的坊间传闻，不知是真是假。

2015年7月6日　上海

学步者的脚印

我们创意写作专业硕士学位自2010年招生第一届，至今为止已入校六届，毕业五届，在这里刊登的四篇小说，来自第五届毕业生的毕业作品。创意写作专业的毕业作品要求有三项，一是三到五万字的小说或者散文，散文必须是有连贯的主题和结构，而非短章的聚集；二是五千字的短篇；三是五千字的理论文章，内容必须关于写作的经验和认识。在两年制的学期里，要完成这些，再加上规定学分，时间相当紧张。因为是创意写作的课程，实践就非常重要，所以，每一个课程，都有作业要求。学习是艰苦的，但令人安慰，还没有减损学习的乐趣，同学们很争气，基本完成任务，有一些还相当出色，当然我说的出色，不是通常以为，博得作家的大名，登上出版业的销售榜。相反，他们更多地从业于文学以外的工作，比如中学老师，公司企划，媒体采编，机关行政，驻外使馆……可是从某一方面说，又有哪一种生活不能成为文学的人生？区别不在做什么，而在于怎么做。虽然我们的学位称作“专业学位”，但事实上，我以为文学在广义上并不是“专业”，而是面向整个认识世界。不过，既然在这里发表作品，事情就还是回到狭义上，我们如何写作小说。

方才说到毕业作品的要求，其中最重要的三到五万字写作，可以是小说，也可以是散文，但我比较建议小说，倒不是因为我开的是小说写作课程。虚构比非虚构需要处理更多的关系，想象和创造在虚构里表现得更为显现，而非虚构则容易将问题隐蔽起来，真实发生的事情本身先天具备合理因素，就有说服力，会让人忽略后天的安排，比如结构，情节，细节，行文的节奏，叙述的先后，等等，而虚构，则将这些都变成显学。我们希望在初接触写作的阶段，能够正面地对待挑战。由于我的课程是小说实践，因此，同学们写作的学习便能给予较为连贯的印象。几年来，我发现一个有趣的概率，每一届的毕业作品中，都会有二至三篇较为优秀的，总是这个数，不少于也不超过，同时呢，这二至三名同学往往——我说的“往往”，不是“一定”，往往不是在课堂上表现活跃的，而是比较闷，甚至于木讷的那个。这些孩子，很奇怪的，会在文字里突然焕发光彩，真是让人又惊又喜。是不是暗示着，文学能够调动潜质，还意味着，文学自身的一种特性，就是“蓦回首，此人却在，灯火阑珊处”。

每年的毕业作品，除我们自办的内部刊物《MFA》刊登发表之外，都是由同学自行处理。为防止流弊，我立下规矩，不为同学推荐发表。但是，也觉得可惜，倒不是说一次发表能够决定什么，刚才说过，许多同学并不从业写作，年轻人，有的是时间和快乐，自己都不定在乎自己的，诸如才华之类的拥有。这一刻过去，下一刻不是很快就来了？我可惜的是，有一种值得重视，当然，那只是在我看来，一种值得重视的价值，也许应该让多些人看见。一三级的同学余静如的毕业作品中的一篇，发表在某一份文学期刊，被《长江文学》下的选刊《好小说》选载，这不止鼓励同学本人，也鼓励我们这些做老师的，它至少说明有一个以上的期刊注意到被创意写作教育主张的写作。于是，就有了今天这个起念，特别感谢《长江文学》编辑部，专辟一期，为我们记录下这些初学者的脚印。

我们推荐发表四篇小说，超出方才说的历届优秀毕业作品的二三，也反映出这一届的特点，世事总有难料的时候。每次答辩前，老师们都会稍作议论，谈谈印象，与前几届比较，这一届大体都还不错，但从个别作品看，似没有之前的突出。如果能够量化，那么平均水平还是保持在同一程度。专业学位课程要求结合社会实践，得上海作家协会支持，为我们建立实习基地，提供实习导师，除去平时的指导，还共同参加论文预答辩。所以，预答辩仿佛成为作品研讨会，不仅是老师与学生，还是编辑对作者，学府和社会。在沪的学友往往也来旁听，从早上持续到傍晚，却无有一人流露疲态。我个人也以为这是非常令人兴奋的一天，事实上，在初学者的作业上所存在的问题，很可能是职业写作一生需要解决的，文学的问题很简单，同时很顽固，它是本质性的，从开始起，就跟到底。比如，写作和经验的关系，可不是始终需要处理的吗？甚至可说是文学的安身立命。我个人，也是我们所有人，教学老师和实习导师，都特别在意同学们作业里，自身的经验的质量，是第一手，还是第二手的？辐射的半径是长还是短？从主体转化为客体的价值高还是低？表现完整还是不够完整？等等。

这四篇作业中，大家最喜悦同时最困惑的是郭冰鑫的那一大堆文字。顺便说一下，一四级的实习导师有上海作协创作研究处的程小莹，专业作家小白，《上海文学》执行主编金宇澄，《收获》副主编钟红明，《萌芽》副主编傅星。这位学生来自河南安阳，很奇迹的，班上总共有三名安阳的同学，那两位交的是散文，评价也不错，可刚才说了，我们更建议小说。郭同学我觉得是一个元气充沛的孩子，能量很大，吸纳与释放都是汹涌的，这样的性格往往会是粗疏杂芜，泥沙俱下。我们都被她小说里大量的人物和情节搞昏了头，但又难以摆脱吸引，如果笼统地说，她想表达的就是中国乡村凋敝的现实，这已经是当下写作的一大题目，可是，文学从来不是笼统的，在笼统底下，各有具体。她笔下的具体性实已经超出一般的共识，这既是诱惑又是拒斥，现成的固定的模式化普遍性的经验时不时干预着我们的判断，我们一会儿否定她，一会儿又忍不住地要赞赏那个祛鬼场面的壮烈，还有“皮裙子”，也是壮烈的，乡村和故土就是这样壮烈地圮颓。郭同学有一股子劲，这股劲上来，什么结构啊，叙述的先后啊，人物的有效啊，都顾不上了，你真不知道拿她怎么办！她也不知道拿我们怎么办，我们意见相左，前后矛盾，说了这么多，又这么乱。但是，她显然还是努力沉住气，在预答辩和正式答辩之间，很短的时间里，作出相当程度的修改，乱还是乱，一团乱麻中到底还是有了隐约的秩序。

与郭同学的率性相对的是华沁，她是一个安静的写作者，在上海戏剧学院戏剧文学系四年的本科学习，已经获得训练。可贵的是，先期建立的写作概念并没有遮蔽她对生活的直观感受，她能够透过层层暗示的覆盖底下，独属于她的人和事；也能够摒除实验的蛊惑，不惜背负保守的压力，循着古训，中规中矩地讲述。但是，谁能说这是最合适她故事的方式呢？郭同学的混沌在华同学这里拨乱反正，经纬有序，清浊分明。你可以说这是一种老到，但亦是单纯。那个“老更”，是她上辈子的人了，无论是时代，还是私人生活，都是俗话所称的“电灯泡”，“电灯泡”的处境其实有种种尴尬，老更不仅安之若素，还能够惠及周围，这样的人生，照理不是华沁这样的年轻人能够理解的，可她偏偏理解了，而且抱着感情，一点没有刻薄他。最后朋友的追悼会上，远远看见角落上落落寡合的女人，猜就是朋友的相好，我不以为老更将接续朋友的浪漫史，老更这样的人，也许注定不会有戏剧性的转折，倘有的话便落入窠臼了，所以，这一幕流露出的是人世的厚道。

《龙凤》这一篇在开题时候，受到比较多的质疑，我甚至企图说服换一个题目。到预答辩，看到基本的完成，我想我们基本都被说服了。这同学很固执，大多数同学都很固执，这当然是一种性格，但在某种情况下，却是有风险的，所以，这就不能简单视作固执，而是有主意。大多数时候，我们难以超越阅历，尤其在一个写实性的故事里，我觉得,《龙凤》描写双胞胎姐弟的血亲关系不够微妙，而是生硬了，这样的先天血缘与后天遭际的碰撞，碰撞里的痛楚，还不是晏黎这样年纪的孩子能够体验的。也许她模糊觉得其中有一种生命的奥秘，却无法解释，又努力要破除疑惑，这种想说又说不出的纠结，似乎也转移到笔下人物的身上。那个小姐姐，无端地苦闷着，迁怒于各种琐细，使整个叙述都充斥了压抑。最后时刻的当街发作，爱恨悔懊一下子释放出来，使我们原谅了表达上的所有不成熟。

余龙杰是来自香港的同学，他经历的生活和叙述语言对我们都有陌生感。和前三位同学一样，对我们既定的概念提出挑战的是，他给出一个大不同的香港。城市之光熄灭了，露出灰暗的“村屋”景象，校内霸凌的“童军”，都让人认不得香港了。行文是个问题，一是粤语的句式结构，二也是香港受西方现代主义影响，呈现断裂与碎片的小众文学语系。我对余同学的要求是，必须让大家听明白说话，但是，我又有顾虑，生怕他丧失个性，湮灭在华文写作的北方话语潮流，北方话，也就是普通话已经形成模式，在加强交流的同时，付出的代价是取消差异，限制表达，对语言艺术是有损失的。我希望余同学能在两者之间找到一个平衡点，这也需要阅读者的劳动，就是拆除成规的藩篱。《和声》

的意象不错，它隐喻着融入，初学写作者都热衷使用隐喻，多少有点找不到北，企图夺门而入，但隐喻是需要事实的支持的。在《和声》，我以为事实还是够支持的，而且是以反向为形式。主人公是在用歌唱抵抗少年成长时期的受挫，遭童军虐待，贫瘠的家境，卑微的求爱和失爱，只有在和声中，他才能缓和尖锐的冲突，从而协调身心以及人际社会。我们都反对最后与经纪公司签约的一笔，成功的希望减弱了和声隐喻的更广大的人生价值，可是，谁能犟得过年轻人呢？方才说了，他们都很固执。而且，年轻人总是要求事情有结果，没有结果就不算完。

这些作业，倘若分散各处，就显得分量不足，放在一起，能互相壮壮胆似的，不止壮同学们的胆，也壮我们老师的胆。创意写作专业学位课程还很年轻，成败如何难说，需要学术考量，也要社会检验，所以，收拾收拾，就来了。

2015 年 7 月 30 日　上海

仙缘与尘缘

1980年，在中国作家协会第五期文学讲习所进修，吴组湘先生与我们上课，讲《红楼梦》，记忆犹深。讲到宝黛悲剧的当口，先生问我们，倘若真能够有情人终成眷属，二位日后生活会不会幸福？紧接回答道：否！然后建议读一本书，《浮生六记》，其中所写一对夫妇，可为宝黛故事后续，结果如何？以欢娱始，哀戚终，依旧不脱生离死别，究竟缘故，不外是贫和病，两项又归一因，家道中落。吴组湘先生的意思是，这一对精致的小儿女，哪里经得起人世的磨折，早晚一个“散”字。

过后，有数度翻开《浮生六记》，又数度合上，如不是有先生的比照《红楼梦》的话在先，大约是不能读到底的，亦是有先生比照《红楼梦》的话，才被逼退，因为比出了俗。这俗并不以人物家世而论，那就势利了，更在于文品，仿佛前八十回与后四十回，曹雪芹与高鹗之间。极难想象大观园里的人事在“浮生”中演绎，很是不忍似的。张爱玲《红楼梦魇》“五详红楼梦”中，说到有一个早本内，元妃临终命宝玉定亲，举丧期间不能婚娶，直至黛玉将死时方才行聘，揣测是因为已婚的宝玉与黛玉相处有种种难堪，无法下笔，说到此处，张爱玲写："他们俩的关系有一种出尘之感，相形之下，有一方面已婚，就有泥土气了。"我们错过早本，无从目睹曹雪芹笔下宝黛二人的婚姻相，婚姻生活总在人世间，而那两人则注册仙籍。仿佛事先就有安排，曹雪芹负责仙缘，尘缘归高鹗，《浮生六记》且又将这一段再接下去。

《浮生六记》中，编者郑逸梅先生考据，前四记确凿出自作者笔下，吴组湘先生所指的应是自述姻缘的前三记。作者沈复，字三白，生于清乾隆二十八年，卒年不详，但因第四记写于嘉庆十三年，延寿即至此之后无疑。《红楼梦》前八十回在曹雪芹去世前十年已经传抄问世，那就是乾隆十七年上下，续书的日子比较确定，乾隆五十六年排印。《浮生六记》中的沈复与芸娘从初识，到定亲，再成婚，生儿育女，直至芸娘辞世，总二十七年，跨越乾嘉两朝，大致与高鹗续"红楼"的时间重叠，因是纪实，所谓"非虚构"，就可一比一对应文章。《红楼梦》里的年代是虚拟的，或者说计算单位广大，以"世"和"劫"划分，"世"还在视野里，"劫"则大大超出，千万年为一周期，人和事在此浩瀚无际之中，所以只得考察著书人的生平。如此看来，将沈复与芸娘的今生当宝黛后事的演绎，现实背景上还是说得通的。

沈复与芸娘同籍苏州，《红楼梦》开篇起因的甄士隐，也是苏州人氏，书中写他"家中虽不甚富贵，然本地便也推他为望族了"，与沈复自谓"衣冠之家"，竟不谋而合。贾雨村寄居于甄士隐紧邻的葫芦庙内，后来得帮助进京科考，从此浮沉宦海，苏州可称发源地。而沈复与芸娘落魄时，乔寓扬州，芸娘即此终年，真是黛玉的原籍，多少扯得上渊源。林黛玉进贾府，后又奔父亲林如海丧，应是从大运河水路行舟。沈复芸娘所赁房屋，位置于邗江先春门外，“临河两椽”。邗江为运河通贯之地，凭流望去，千帆渡过，或就有黛玉船的遗影。

《浮生六记》卷一“闺房记乐”写，沈复十三岁跟母亲去外婆家，初次遇芸娘，宝玉见黛玉，也是十三岁。而且，二人都是姑舅表亲，只不过反过来，沈复是姑家，芸娘是舅家，而宝玉在舅家，黛玉在姑家。还有略不同处在年龄差，宝玉长黛玉一岁，为表兄妹，沈复少芸娘十个月，就算作表姐弟了。所以，吴组湘先生将这二对男女作比，并非事出无因。

沈复与芸娘，注定要做夫妻，遇见第一回，便对母亲发誓：“若为儿择妇，非淑姐不娶”，芸娘字淑珍，所以称“淑姐”。于是，立时三刻订婚。宝玉和黛玉见面，彼此觉得熟悉，仿佛久别重逢，再无他想。闹砸玉一出，是因为这玉隔阂了二人。这一出为后来的相处开创了模式，那就是吵闹频频，所争吵又全是求近反疏远。倘不是“金玉良缘”的提示，二人恐怕想都不会去想媒妁之事。

芸娘的生相，与黛玉同是纤细婉约。后者的描画只在情态，方到荣国府时，众人眼里看出去：“身体面庞虽怯弱不胜，却有一股自然的风流态度，便知他有不足之症。”芸娘的形貌相当写实，尤其写道："唯两齿微露似非佳相。"这一笔几可看见真人。略有些吊唇，要看具体的人，倘是五官协调，不会难看，还妩媚娇俏，但依中国人的成见，人中短总归是福分浅薄。黛玉也属红颜薄命之流，却很难想象面部有明显的不匀称。事实上，《红楼梦》通篇都未写及黛玉外貌的细节，最具体的大约就是眉毛，"似蹙未蹙"，宝玉当即给一个字："颦"。汉字"蹙"也是个含蓄的概念，不像"皱"的肯定，倾向修辞的性质，且又"似蹙未蹙"，有无之间，就更变得微妙不可言，哪有芸娘"微露两齿"的生动，跃然眼前，就是熙攘人世，你我他中间的一个。

再论穿着，芸娘的风格是"通体素淡"，这倒近似宝钗，依母亲薛姨妈的话："他从来不爱这些花儿粉儿的"。黛玉则属华丽一族，下雪天里，她穿一双"掐金挖云红香羊皮小靴，罩了一件大红羽纱面白狐狸里的鹤氅，束一条青金闪绿双环四合如意绦，罩了雪帽。"何等美艳！薛宝钗只是"穿一件莲青斗纹锦上添花洋线番巴丝的鹤氅"，虽然简朴，品质可是不一般，按人民文学出版社 1982 年版注，"莲青：指蓝紫色。斗文：指交叉的图案。锦上添花：指在图案上又重叠自然花卉。洋线番巴丝：指丝线毛线混合的织物"。所以不爱"花儿粉儿"，除去性格的成分，还有教育的缘故。尊儒家的道统，不涉奢靡，温蕴含蓄。芸娘没有宝钗的教养，习字读书都靠自己，"满室鲜衣，芸独通体素淡"，更让人想起邢岫烟，大雪天里，姑娘们都着皮毛，又多是大红，唯她一件旧单斗篷，显得"拱肩缩背"。探春给一个碧玉珮，宝钗一眼看出不是她自己的东西，对未来的弟媳发出一番教导，提醒莫受贾府里富贵风气的濡染，“总要一色从实守分为主”，邢岫烟要摘了去，宝钗却又阻拦，说不能辜负探春的好意，真是左右为难。芸娘贫寒归贫寒，倒没有什么顾虑，坦坦然脚下着一双自绣的新鞋，精巧可爱。要让贾政看见，就要不受用：“虚耗人工，作践绫罗”。

芸娘学诗的经历，像的是香菱，都是自学成才。香菱身世飘零，举目无亲。芸娘虽少年失怙，但有母亲兄弟。略成年些，便以女工养活一家三口，还供兄弟读书，总是有调教，才得一技之长。所聘沈家，资财身份在中等以上，又是亲上加亲，说明有人做主，这一点甚至胜过黛玉。记中写，芸娘刚开口说话，就背诵《琵琶行》，想是由父亲口对口授，就有父爱在其中，俗话说：家贫养娇子，倘不是过早亡故，大约是会供几年塾学的。某日，当是父亲去世以后，在盛书的藤箱里翻出《琵琶行》，对照读音，学会文字。后来，娶进夫家，与沈复讨论学问，以为《琵琶行》的著者白居易即李太白，因名字里都有“白”，被丈夫取笑一番；再谈赋，芸娘郑重道，最崇拜司马相如，丈夫又笑：原来当年卓文君跟上长卿，“或不在琴而在此乎”！笑的是众所周知事却当独家新闻。就知道芸娘的知识系统是不完整的，自开一路，但能够英雄所见略同，殊途同归，证明学习的方略相当有效。于他们夫妇之间，有趣也有趣在此，既可为友，又可为师。

旧时中国，男人谈诗论文，向是与外面人，青楼勾栏，歌女舞姬，史上留名的才女，也多是在这类人群里。人妇当以传宗接代，侍奉公婆为主业，怡情怡性则在偏侧。流传于世的儿女佳话，柳如是与钱谦益，始于烟花与恩客；卓文君与司马相如，私奔他乡；董小宛是冒辟疆的妾；李香君为侯方域红粉知己；这张名单可延续到民国的小凤仙与蔡锷。这些女性，出身都不怎么样，才情却十分了得，不仅能以诗书相对，还有道义支持。是因处于道统之外，反倒能够自由交际，进入公共领域，和男性共享社会生活。

脍炙人口的《孔雀东南飞》，焦仲卿和刘兰芝的故事，凄婉之余，令人百思不得其解的，焦母为何容不下刘兰芝，究竟哪一点违背妇德，非休了不可。想来想去，大约为了他们夫妻情义太过厚密，不合纲常。相比较知己型的男女描写，赞誉夫妇相处的辞藻总是严肃的，比如“相敬如宾”，再具体些，“举案齐眉”——此一句里的人物故事梁鸿孟光在记中也有议论，说的是：“家庭之内，或暗室相逢，窄途邂逅，必握手问曰：‘何处去？’私心忒忒，如恐旁人见之者。”显然夫妇亲昵是要背人耳目的。而沈复和芸娘，“初犹避人，久则不以为意”。大约焦仲卿和刘兰芝也是如此，所以招婆母不待见，硬生生棒打鸳鸯。

《诗经》中有不少描写夫妻间相思缠绵，最著名的句子有“死生契阔，与子成说，执子之手，与子偕老”，但那是柴门家室，男人不是出征就是戍边，所谓“贫贱夫妻”，倾诉不外加衣添饭。张爱玲的《倾城之恋》，范柳原与白流苏在香港浅水湾的月夜，隔空吟哦，是暗示即将来临的离乱，将婚姻的剩余价值降到最低，低到原始阶段，浮浪退去，露出质朴之心。《红楼梦》里，凤姐与贾琏，大概是正室相处的唯一展现，又只在床笫，虽然在钟鼎世家，这一对却是饮食男女。《浮生六记》的“闺房记乐”则是精神生活，文字游戏。七夕夜沧浪亭爱莲居我取轩中拜月，极似洪昇《长生殿》中的一幕，我更倾向《长生殿》像它。宫廷里的理想天地大约就是民间，自由和有趣。沈复自谓本地望族，实际是中等光景，门户不那么严谨，活动半径无论比“长生殿”还是“荣国府”都大许多。“记乐”写到有一年夏季，居乡间避暑，仿佛大观园，李纨住的稻香村，那屋主村妇，则是刘姥姥，就又仿佛落难的巧姐儿，归宿到屯里面，得了平安。文人向来追崇陶渊明的境界，勿管根源如何，采菊东篱已成文化符号，“稻香村”就是一个仿作。贾政携宝玉看园子，众儒生都喝好，唯宝玉说不怎么地，缘故是不自然。沈复芸娘所居，可是真实的“稻香村”。

洞庭君祠，神诞日的庆贺，如今失传，再看不到了，看文中写，就觉得当时人有眼福。百姓人户，各领一落，悬玻璃灯，放置瓶花，花间再插蜡烛，想一想，何等的胜景，“花光灯影，宝鼎香浮”。芸娘心向往之，到底受规矩限制，女流之辈不可到大庭广众，于是生出一计，那就是着男装，效男子形状。看起来，梁山伯与祝英台，还有女驸马的戏曲并非传说，真有其人其事。《红楼梦》里，也有一个，湘云！本性活泼佻俶，喜欢扮作“小子的样儿”，学野蛮人，也就是黛玉说的“小骚达子”，雪地里生火架柴烤鹿肉吃。湘云的放纵只在大观园里，芸娘可是走出闺闱，到社会上去了。沈复受父亲嘱咐去吴江吊唁，芸娘悄然跟随，往太湖看水天一色，慨然道：“今得见天地之宽，不虚此生矣。”虽是小家碧玉，胸襟却广大豪迈。红楼中人，眼界最宽阔应数薛宝琴，巨商父亲生意遍布海内外，宝琴小小年纪，“天下十亭走了有五六亭”，写下十首“怀古绝句”，供姐妹们赏析。因此天地宽不宽不仅在游历，还需有学养，才能开拓视野。宝钗从南边上来，路途所经也够漫长，黛玉南北走过一个单程加一个双程，二位都没有发表观感，不知道她们对大观园以外的世界是如何想的。探春远嫁，不久后有一次归宁，是在高鹗笔下，大约不是曹雪芹本意。前第五回太虚幻境金陵十二钗册子里，探春的那页，画面上有两人放风筝，海波上一片扁舟，舟上女子虽是饮泣，但依探春的心气，还是会抬头眺望“天地之宽”。

芸娘的洒脱不拘格，敢与男子平头齐肩，不止在表面，更有实质性的，她可与丈夫的红颜同结知己。因是出自沈复之笔，我们实难判断芸娘心中真切所想，从形容看，却有一种诡黠的美艳。二女一男的配置不算特别，亦可称常态，奇丽是在两位女性间的无隙。丈夫和船家女——以文中记叙，更可能是陪酒女，二人调情狎昵，妻子作壁上观不说，还助兴喝彩，单从慷慨论似还不足，更可能是赏心悦目。芸娘仿佛鉴赏家，对情色才艺的品质颇有见地，听说丈夫的朋友纳进美妾，便欣然前往看一看，评价是："美则美矣，韵犹未也"，意思是回味不够。某名妓的四律"咏柳絮"遍传里坊，文人墨客纷纷和韵续连，芸娘皆不以为然，独赞沈复的几句："触我春愁偏婉转，撩他离绪更缠绵"，青楼游戏，非但不介意，还热心仲裁，且又私心自己人，真是一无芥蒂。继续往下走，到憨园出场，事情大离谱，灾祸临头，那且是后话了。

芸娘和沈复的好，大约是旧时代里夫妻欢娱的极致想象，天真烂漫，风雅有趣，所以吴组湘先生要拿来为宝黛作假设的摹本。荣国府里有哪一对可作借鉴呢？从上一辈往下排，贾赦与邢夫人，贾政与王夫人，都是乏味的；贾珠与李纨，从李纨的性格看，倘贾珠不早夭，纵不过又一个王夫人；凤姐和贾琏，倒是热腾腾，但方才说过了，只限于肉体，或者还有阴谋和阳谋。出来荣国府，往街东头宁国府看，贾珍和尤氏，意趣不怎样，品行和智商还有问题；秦可卿是个出众的人，但贾蓉的才情远不能与其相当，一方不得满足，一方不得消受，可惜了。越剧《红楼梦》，洞房花烛，宝玉对调包计浑然不觉，对着红盖头底下的新人，有一番咏唱，其中对富贵夫妇生活的憧憬出自于坊间的想象，应该更具体，实际上却是笼统的："与你春日早起摘花戴，寒夜挑灯把谜猜，添香并立观书画，步月随影踏苍苔"，如此而已。到史上找，千古绝唱的唐明皇与杨贵妃，在洪昇的《长生殿》里倒是生动起来，怄气、吃醋、堵被窝、回娘家，按张爱玲话，类似晚报上的"本埠新闻"。可那是皇上与嫔妃，降格以论，就是夫与妾，前边说过，两情相悦多是在此之间，就又落入窠臼。寻来寻去，沈复的“记乐”大约真可算作中产人家恩爱的范本。当然，从具体人物出发，黛玉不比芸娘有平常心，外面社会上的男人，统被叫作“臭男人”，大不可与宝玉的同性朋友交往，更不谈红粉知己了。因此，就有一部分生活不能分享，就也不会有以后的憨园之虞。

憨园一笔，于当日于今天，大约都在常情之外。妻子替丈夫纳妾订约，最终竟为对方辜负大恸而伤身，该当如何理解呢？倘若出于传宗接代的大局观念，容纳侧室，亦是必守的妇德，但芸娘分明已有一子，再说，她本也不是道统中的人，不该受此约束。所以，为沈复物色小妾，是有另一番缘故。从文章描写看，她更像寻自己的玩伴，又像壮丈夫行色。先前看见朋友新妾，评价“美而无韵”，便下决心，必美而韵，才可作郎妾，只是苦于手头拮据，无法实施，显然，美而韵者大多是昂贵的。直至遇到憨园，希望才又燃起。憨园出身娼门，母亲是名妓，这样的女儿天生就是给人作侧室的，索价自然不菲，芸娘从感情着手，实在是异想天开。憨园小小年纪，但耳濡目染，母亲亲授，应答十分世故，她对芸娘说：“蒙夫人抬举，真蓬蒿倚玉树也。但吾母望我奢，恐难自主耳，愿彼此缓图之。”话说得很明白，但芸娘仍一味追求，强人所难，最后的结果也怪不得憨园了。

在贾府这样的大族里，纳妾的事多不需本人操心，早就有准备。彼此房中的贴身大丫头，往往就是人选。比如袭人，王夫人提前做主，定了名分，叫作“跟前人”。虽在暗中私下，实已经多方认可，是公开的秘密，史湘云不就约了林黛玉一同去怡红院向袭人道贺！鸳鸯曾向平儿数了她俩及袭人、琥珀、紫鹃等十来人，“从小儿什么话儿不说？什么事儿不作”，因此平儿也是从贾府长大的丫头，后来作了贾琏的“跟前人”。再如紫鹃，是贾母给黛玉的丫头，将来多半是随嫁的人。她与黛玉说，希望老太太趁明白硬朗作定大事儿，听薛姨妈玩笑将黛玉说给宝玉做媳妇，忙忙过来插嘴：“姨太太既有这主意，为什么不和老太太说去？”结果被奚落一番。除去为黛玉的未来，大约也有为自身着想的意思，她说的那一句“一动不如一静”，还有“公子王孙虽多，那一个不是三夜五夕，也丢在脖子后头了”，只要看看贾琏就知道包括了自己的命运。倘是紫鹃作宝玉的“跟前人”，一定和平儿的行为作风差不离，黛玉不像凤姐的凶悍，但在爱情问题上，却比凤姐更严苛，是完美主义者，宝玉稍与宝钗湘云走近些，就要生气。袭人想来也是惧她，后四十回里，一旦听说上面做主将宝钗聘给宝玉，心中方才落定，想的是：“我也造化。”连贾母都知道，“他和宝丫头合得来。”——高鹗续笔的憾处是直露，好处也是，前八十回的欲言又止统统道出来，板上凿钉，再无歧义。贾府族中，也发生过大太太为丈夫谋妾的事，就是邢夫人代贾赦向贾母索讨鸳鸯。她先是向凤姐发出通告，凤姐是她儿媳妇，这路数就不大靠谱，让晚辈笑话，还尴尬，不好发表意见。文中写：“凤姐知道邢夫人禀性愚弱，只知承顺贾赦以自保”，一句话道出原委。芸娘显然不是这一路人，也不是这一路想，她为丈夫觅憨园，究竟出于怎样的心理？

妻妾称是称姐妹，实际却水火难容，若非完全放弃情爱，退而求其安定团结，大概少有真心与好的。憨园要是如芸娘所愿娶进门来，未必会有预期的“我自爱之，子姑待之”。现代人中有作过尝试的，异国的西蒙·波瓦的小说《女客》，写的那个三人行，或有亲历的原型，存在主义者都有写行为艺术的爱好；近距离的有顾城的《英儿》——芸娘堪为先锋，可惜计划中途夭折，就无从检验可行性了。纳妾的事不成，给芸娘留下的却是世态炎凉的阴影，同时预示了将入苦状的命运。按吴组湘先生的假设，宝黛成婚再往后走一截，就将遭遇抄家灭族，资财尽散，这一对玉人将何以为继？在芸娘则见出对抗挑战的能量。《浮生六记》第二卷“闲情记趣”，对照第三卷“坎坷记愁”，便知其实是在最窘迫的处境里，每被家中逐出，受陌路容留，但仍有闲情逸致。住扬州邗江，临河两椽，平房以椽为间，就是两间，只够睡卧起坐，厨炊待客就谈不上了，如此局促，二人却还制作盆景，捡来碎石按纹路叠起，再种萍草藤蔓，待绿萝垂挂，红花绽放，“神游其中，如登蓬岛”；再又将螳螂蝴蝶蝉细线悬于盆花间，做成各种形态；或是纱囊包裹茶叶，放在荷花心里，隔夜取出，便有莲香；制作花屏亦别出心裁，将木条钉成框，框内置小盆种扁豆，扁豆发枝茂盛，绿影婆娑。同是女儿绣心，从美学上看，黛玉的身份格局都要大得多，葬花，从土里来，回土里去，纳入时间河流，宇宙循环，这花就不只是花，而是万物之有，生生息息。这和来源有关，黛玉的前生是三生石畔绛珠草，芸娘则为凡世俗胎，邻家女儿中的一个，心思又非黛玉能及。锦衣玉食的她，黍麦不辨，哪里知道瓜豆里的生机。

单就“闲情记趣”这一卷看，芸娘比前卷“闺房记乐”里更焕发，闺房里的和悦还在想得到中，联词对句是读书人家的常情。走出内闱，来到户外，天地骤然敞开，芸娘的个性便更解放。她和在沈复的兄弟淘里，说起来总归背离纲纪，难免逾矩，可这时候，谁管得了她呢？尤其借住萧爽楼时，那场合近似贾宝玉同薛蟠、冯紫英一伙人玩乐，前者纨绔，后者清士，就有一番格外的清趣。比如模拟科考，抓阄决出主考、誊录，其余人统做举子，试题为五、七言对子，排名第一第二担任下一轮的主考和誊录，两轮不取中罚出酒钱。芸娘是其中唯一女性，所以享受“官生”特权，即官后代应试的额外待遇，在此体现“准坐而构思”。又比如看花的一幕，看的不是菊梅，花里的君子，而是菜花，就有稼穑气了。油菜田在郊外，不庙不市，所以没有饭店酒肆，饮食就是个问题，芸娘自有办法。这办法若在贾府，只有茗烟一般小厮想得出。她雇下一挑柴爿馄饨随行，有炉灶汤水，外加司厨，于是，“茶酒两便”。最后，馄饨挑主与雇主们一同醉卧花畦之间，堪称魏晋风范，是宝黛们远不可及的快乐，实是以艰困作代价。

到第三卷“坎坷记愁”，那窘境露出水面，方才知道闲情背后的人世间。确切说，沈复和芸娘潦倒的缘由，并非出于《红楼梦》中的宿命，运势的周期，如大荒山无稽崖青埂峰下，僧道二人的箴言：“究竟是到头一梦，万境归空”，亦非沈复先前列举的种种不祥之征兆，芸娘“两齿微露”，诗稿又多为完成，鬼节夜湖畔惊魂等等前定，而是具体的人事。听起来，倒像是电视“甲方乙方”一类调解栏目的纠葛，不大上得了台面的。芸娘招公婆嫌恶，继而受叔婶排斥，由沈复总结，归于一句“女子无才便是德”，多少是袒护之词。起先，在外供差的公公见媳妇识文断字，就命她从此代写家书，婆婆以为传达有误，生出龃龉，不得已停笔，公公认为媳妇抗命，大不孝。倘若事情就此打住，还不算太糟，也与“才”涉及，但接下去的发展似乎就有背德的嫌疑了。父亲嘱咐沈复在家乡纳妾，可随身服侍，沈复又托付芸娘，这处境有些近似邢夫人为贾赦通凤姐的款曲，芸娘却没有凤姐的老辣，她竟真着手物色到一名。事情做下就做下了，且又顾忌婆母的心情，半途将人招回，公公自然勃然大怒。本心两头取悦，结果两头不落好，与贤良越行越远，称得上荒唐。这些动作都留下白纸黑字，所谓书证，赖也赖不脱，倒合得上“才”之说，常言道：人生烦恼识字始，在此就是案例。于是，就有了第一次被逐，友人收留萧爽楼的日子。以此卷记叙，憨园背信正发生于同时段，再加上芸娘娘家两桩大事：兄弟出走，母亲辞世，可谓内外夹击，人生一大劫。前卷里萧爽楼的作乐，便蒙上一层戚容。如此世事，相距“富贵场”“温柔乡”何止十万八千里。红楼中能与这等庶务夹缠的，大概只有一人，那就是薛蟠的媳妇夏金桂。

夏家女儿，背景与芸娘略相似，有姿色，通文字，父亲早逝，但没有兄弟，虽然有资财，绝户头总是气馁，所以骄矜跋扈更可能是虚张声势。芸娘品行自然大相径庭，不可同日而语，沈复亦不是薛蟠一路的人，但是，倘若夏金桂在芸娘的际遇中，或许抵挡得过来，同出于市井，人和事都是知己知彼。对黛玉之流，莫说黛玉，连晴雯，回到兄嫂家，也是一死了之。

第二次被逐，在芸娘则是永不回头，事由说是冤枉，也可归咎交友不慎，为他人作保借贷于外国人——以此可见清嘉庆间，就有下等的西洋人住苏州，放高利贷为生，好比莎士比亚戏剧中的“威尼斯商人”。结果，借贷人席卷而走，西洋人便向保人逼债，“咆哮于门”，接连着，芸娘的契友又被误作青楼。于是，按“结盟娼妓”“滥伍小人”罪名，限时限刻离开家门。这一回离家凄凉得很，惶遽中，安排一儿一女，女儿托出去做童养媳，儿子也托出去，店铺里做伙计。如此决绝，从记中片言只语看，极可能还迫于兄弟的压力。弟妇出自苏州名门，书家王虚舟的孙女，如沈家这样，世代幕僚为业，可说是读书人的下层，无疑是高攀，势必处处留意小心。前一卷里曾写兄弟成婚，他们让沧浪亭边住所，迁至仓米巷内，从地名看，就是里坊杂院，拥簇许多。二次逐出家门，唯女儿青君私下通消息，老父病故，方才能灵前一哭，看母亲“目余弟妇，遂嘿然”，略略几字，大有意味。显见得隔离长子源出此儿媳，家中大人又都惧她，屈抑不得伸展。举丧过后，房屋产业兄弟夫妇一并占据，母亲迁往女儿家，临别嘱咐："汝弟不足恃。汝行须努力，重振家声，全望汝也。"

"乔寓扬州"，熏香插朵的"闲情记趣"，背景正是在"坎坷记愁"中的最惨淡。住是有得住了，可开门七件事，油盐柴米酱醋茶呢？夫妇二人筹划来筹划去，终于记起多年前靖江的姐夫曾借去一笔钱，本不打算他归还的，现如今就有当无地索讨试试吧。于是留下卧病的芸娘，沈复动身前往。凄风苦雨，有一夜宿在土地祠里，不由想到《红楼梦》里的宝玉。《乾隆甲戌脂砚斋重评石头记》第二十六回，"蜂腰桥设言传蜜意，潇湘馆春困发幽情"，写到红玉处，有一条批文："红玉一腔委曲怨愤系身在怡红不能遂志看官勿错认为芸儿害相思也"，道出红玉对宝玉的心情，接下去再批："狱神庙红玉茜雪一大回文字惜迷失无稿"；到二十七回"滴翠亭杨妃戏彩蝶，埋香冢飞燕泣残红"写到红玉时又提"且系本心本意狱神庙回内"，本回末总批道："凤姐用小红可知晴雯等埋没其人久矣无怪有私心私情且红玉后有宝玉大得力处此于千里外伏线也"！就知道曹雪芹初衷里是有家破人亡后宝玉寄身狱神庙的情节，张爱玲在《红楼梦魇》中每每提及其时小红和茜雪探望旧主，她写道："茜雪虽然是不被逐，是宝玉亏待过的唯一的一个丫头，红玉是被排挤出去的。偏偏是她俩在患难中安慰他，帮助他，这种美人恩实在难以消受，使人酸甜苦辣百感交集，满不是味。这一章的命意好到极点。"红玉茜雪都是二三等的丫头，前者笔墨多一些，后者几乎被人遗忘，张爱玲说的“亏待”指的是沏好的枫露茶让奶妈吃了，宝玉向茜雪发怒，砸碎杯子，泼了人家一裙子，跳起来指着大骂，事后也没有任何道歉与安慰，在宝玉确是极少的行为，所以说是“唯一”。这一回目的遗失让张爱玲痛惜而又向往，大概是因为想起自己的经历。日本投降，胡兰成南北逃亡，颠沛流离，她往温州探亲，满满去，空空回，给胡兰成信中写：“那天船将开时，你回岸上去了，我一人雨中撑伞在船舷边，对着滔滔黄浪，伫立涕泣久之。”被“亏待”的“美人恩”，多么苍凉凄楚！假设《红楼梦》佚稿全部找回，宝玉落脚狱神庙，黛玉已死，不得探他，宝钗呢？以宝钗贤德，应是从一而终，陪伴身旁，问题是她能否熬得过磨折。虽不似黛玉天生有弱症，体态还丰腴，可并非结实硬朗，亦有痼疾，需服冷香丸。贾琏的小厮曾向尤氏姐妹形容林薛二人，看见都不敢出气，生怕吹倒一个，又吹化另一个。袭人婚嫁，紫鹃出家，晴雯早已灰化，于是轮到小红茜雪，如此微贱的爱意。张爱玲本是高冷的人，爱胡兰成却低到尘埃里，从尘埃开出花来！

但凡寄住庵庙，就是窘到不能再窘，好歹不虚此行，索得数钱，返回扬州的“临河两椽”，不料家中又出事故，锡山盟姐赐给的小女佣卷逃，贫贱不止为难，还是辱人的，唯有一死才可保存些微尊严。经过长久的压抑，芸娘离世终于爆发：回顾过往，相约来生，数种种恩爱，叹个个冤屈，不尽之志，难圆之梦，等等，等等。比较黛玉只“宝玉你好”几个字留言，响亮痛快，酣畅淋漓。从事实说，宝黛之间，确也没有太多的资料可供诉说，就算是市民戏越剧《红楼梦》，给了黛玉咏叹的唱段，说得出的不过是作诗读书，有两句写得好：“我一生与诗书作了闺中伴，和笔墨结成骨肉亲”，应从葬花词“质本洁来还洁去”过来，但回到曹雪芹原著，林黛玉断不会写下这样的句子，因为是三生石上的身世，“诗书”和“笔墨”且为人间俗物。

芸娘亡故，头七日，常以为逝者回家探望。吴地规矩，是将居处原样布置，再设酒菜，亲人邻里皆避出。沈复却执意留下，面晤亡灵。这就有些像黛玉亡后，宝玉要求独居一室，等待梦中来见。这一节出自高鹗笔端，倘是曹雪芹，大约不会有此安排，因两人都是梦中人，难道还有梦中梦？还好，高鹗到底没有促成邂逅，宝玉一觉睡去，直到天亮。我以为仙界其实是无神论的，倒并非唯物主义，而是形而上。宝玉和黛玉本是神瑛侍者和绛珠草，后者因受侍者灌溉，受天地精华，脱却草胎木质，幻化人形，再修成女体，然后为还甘露恩泽，随之下凡，进入大观园。待夙愿了尽，归纳永恒，复又无形，从此与宝玉天人两隔，即便再到三生石上，且又不是你我。倘是柴米夫妇，抑或就有回顾之意。芸娘的头七夜，沈复独卧旧室，只见烛光缩小如豆，又腾空升起，直向天棚，然后渐渐平静。坊间总以为风为无形之形，《搜神记》中神仙是乘风而下；《聊斋》中“王六郎”从鬼籍入仙籍，化为清风盘旋，送别旧友，真是款款情深。黛玉和宝玉大约是仙界中的最高层，世间无有事物可借形于他们，遂绝尘而去，无风无痕。也因此，落尘在“昌明隆盛之邦，诗礼簪缨之族，花柳繁华地，温柔富贵乡”的荣国府，尚不足已，再砌个大观园，孤立于世，就多一种自由清净，无烟火侵扰。里面的人都没见过当票，听过解释，湘云和黛玉都笑起来：“人也太会想钱了。”倒是宝钗，认得出来，因就是她家典当行里出具的。大观园里，唯宝钗与世事有涉及，因在大观园外另有居家，梨香院，哥哥薛蟠厮混在社会闲杂中，再娶进个夏金桂，宝钗的世界就大了。黛玉无父母亲故，只外婆家一系，即便事前没有失宠于贾母，老祖宗一旦百年，依然是无依无靠的人，赤条条来去无牵挂，可谓化外之物。

民间俗语道：恩爱夫妻不到头；《浮生六记》中描绘与芸娘亲厚无间，仿佛略感不安，写道：“独怪老年夫妇相视如仇者，不知何意？或曰：‘非如是，焉得白头偕老哉！’”；又有哲人言：月满则亏，水满则溢，顺此看来，沈复与芸娘的姻缘，只得这点寿数。宝玉和黛玉，实是前生的知己，今世仿佛一个人一般，连夫妻也做不成了。按张爱玲的话，“他们俩的关系有一种出尘之感”，万不能坠入尘世的男女窠臼，如是那样，反而扫兴。因此，宝黛二人就不会遭遇沈复和芸娘般窘迫的人与事。

三十五年前，吴组湘先生交代的功课，实在交得太迟了，不知道先生满意不满意。无论先生给几分，甚或不能及格，总是促进读完《浮生六记》，从而见识彼时婚姻生活的日常状态，其实并非概念中，受封建礼教压抑的无趣。道统之下，仙境之外，民间亦是有着生动活泼的男欢女爱。俗话说，一棵草顶一颗露，大约就是指的这个。

2015 年 12 月 10 日　上海

教学记

创意写作课程进入第七个年头，在这里专辑发表毕业作品的是第六届同学，此时此刻，他们已经离开学校各自走上职场。从历届毕业生去向看，虽然取得写作专业的硕士学位，但大多并不从事这一行。做一个职业写作者，需要太多的条件，学府里的训练甚至不足以提供其中一项，它只是开拓一个机会，使人从现实存在中，窥见虚拟的空间。这个空间，你说没有就没有，说有也未必有，必付出思想和想象的劳动，从无到有。在我，每年开设小说课堂，至今意犹未尽，非出于知识更新，教学精进，倒是相反，事情还是那个事情，问题也还是那些问题。既是初涉写作者所遭遇，也是像我这样，多年实践，岁月荏苒，依旧日日面对，无法规避的处境。一旦动笔，即刻陷身。变化莫测，又万变不离其宗。四顾茫然，其实路就在脚下。在这共同的命运里，又无处不有个体差异。小说起用与成形的，都是现实生活，因人而异，因事而异，你的就是你的，我的就是我的，彼此难以互通借鉴，无从论方法。也因为此，课堂上的教与学，能够做的，就只是讨论。

讨论什么？当然是写作。写作人都有一种潜在的妄想，就是企图以虚构修正经验，可是，为强调合理性，又要以经验证明和检验虚构的逻辑，如此，便将生活与小说混淆起来，形成一种互文关系。小说既是以生活为样本，同时呢，又要挣脱约束，创造一个新生活。于是，就关系到如何采纳原生材料，又如何规划蓝图。简单说，就是那一句大俗话：写什么。这句话听起来很陈旧，可是一旦决定写作，“写什么”便扑面而来，仿佛千年魔咒。课堂上，许多时间都纠缠在这里。到开题，还继续纠缠，时间已经不够，需做出决定，却依然决定不了。经验告诉我们，“写什么”解决了，作业即完成一半，接下去是另一句大俗话“怎么写”。当然，也有在这一半上翻船的，写作自始至终都风险重重，但事情必须开始，然后再论成败。

吴荣民同学，是在极惶遽的情况下选择《特设师》的题目。这名同学，本科毕业于空军工程大学电气工程及自动化专业。在写作专业里，极少有来自理科的学生，难免让人怀疑他的文学修养不足，同时，又怀着欣喜，期待他拥有的另类经验，为写作课程带来新气象。要知道，在整个文学想象趋于同质化的今天，文科学生不可避免影响，认识和表现往往落入窠臼，于是，彼此相像。然而，吴荣民同学并未满足我们的期望，在小说实践的课堂上，他没有显现出特殊性，反而，他追随潮流，因缺乏文科类基础训练，追随得就很笨拙，落在平均线之下了。几番情请，鼓励讲述自己的故事，大学毕业后工作数年方才入学读研，应该是一个有阅历的人。显然，他对回顾往事没有兴趣，而是急切于写作的入门——这往往被同学视为“秘笈”，一旦得道，即可生效。他将他的经历说得平淡无味，没什么值得一提的，生性又讷言，如此话不投机，往返几个回合便到头了。个人生活本属于隐私部分，也不易太过深询，但印象里隐约有一种回避，是不是有些伤痛？而恰是这样内向的善感的性格，如要写作，大约非是从自身经验出发不可的。和《鸟县悬疑》的作者魏烨不同，魏烨是一个会讲故事的人——我以为写作的天资大致分两类，一类是讲别人的故事，一类是讲自己的故事，吴荣民更可能是后者。讲自己的故事并非将个人生活和盘托出，而是，内部与外部打通，立足本位，然后走出去。

就这样，小说课堂结束，教与学都一无所获，开题的日子到了。吴荣民送上来的报告是关于男女关系的题目，其中有许多离奇的情节，相信现实中一定有，大千世界，什么样的人和事不会发生？尤其大众传媒发达，不用目睹，单是耳闻，就可吃个肚饱。可是，这些局部能否组合，又以什么原则组合，第三，即便组合起来价值何在？分配论文导师时，这名同学到我名下，于是，课堂上未完成的功课继续下去，还是问和答的形式。依然是我一径追问他的生活，他则一径躲让。倒不是对他的过往遭际有多么浓厚的兴趣，只是要在急迫的形势下，尽快找到近便的可行的出路，以完成接下来的盲审、预答辩、答辩，最后取得学位，完成攻读大业。不否认是有实用的目的，又因此而觉得就像在剥削他的感情，然而，写作这件事，本就是掏心掏肝，一方面是揭伤疤，另一方面呢，又是救赎。倘是另一种豁朗的性格，完全可以在外部世界中开脱压力，唯有面向自我的人，才不得已选择文学。从这点看，也许吴荣民倒真是文学中人，可这时候，来不及说这些了，毕业要紧。

后来，他被迫逼得狠了，说出这么一句话，意思是他有一块禁地，目前不想动，要等具备足够的文学准备，才能启封。道理不错，心情也理解，我们不能挥霍宝贵的生活储藏，这本是供人独享，必须珍惜，郑重对待。问题是，搁置起个人的体验，又从哪里出发？也许有一种幸运，写作训练兀自成熟，成熟到可以动用储备，可说不定呢，回过头去，当时的激情已经平息下来，那种珍惜，痛楚，感动，不敢说、一说就是错的两难，被老熟的经验覆盖，湮灭，无影无形。

在论文的最后阶段，吴荣民决定写作《特设师》，于是，人物、情节、细节，呼之欲出，扑面而来，并且，仿佛有着自主能动性，彼此镶嵌结构，故事成型了。

就像方才所说的魏烨同学，他有一种客观的叙事能力，这也许和他历史学专业出身有关。他可与自身经验保持距离，冷静地看世界。我并不是说主观性就此可以缺席，相反，更要求上升理性，担任检验、扬弃、分析、重组感性的攫取。信息社会材料太多太多，难免阻挠视听，妨碍认识。奇闻逸事，也会抑制我们虚构的欲望。事实上，原始材料的多和奇并不能弥补它们的先天不足，那就是不完整和不升华。这两项缺陷要靠写作者的劳动矫正，这也就是现实与虚构的区别，上纲上线地说，生活和艺术的区别。

我不以为《鸟县悬疑》做得很出色，但至少是及格，成绩主要体现在叙事的完整。它尊重故事和听众之间的默契，设置了悬念。这个悬念的基因很活跃，有再生力，可传宗接代，于是，破解一个分娩一个，形貌繁杂，却是在一个遗传链上。作者不负众望，将悬念进行到底，破解也进行到底，最后水落石出，呈现出类型小说的理趣。小说到上世纪下半期，甚至更早，就离开故事越行越远，小说家把讲故事的职责推诿给通俗文学。但从历史上看，小说本就是世俗的消费。《十日谈》，《一千零一夜》，狄更斯的小说是在报纸上连载而成，简·奥斯汀的拥趸多是家庭主妇，犹如今天的韩剧。到本世纪的今天，我们已经很难在严肃的，涉及人生意义的文学中感受听故事的乐趣，而小说家哪一个不是从喜爱故事走入写作的生涯？事情已经背离初衷，我们到哪里去寻找故事！在我看来，有两个地方收容了故事——一是类型小说，欧美城市的书店里，那些平躺在案上，一厚本一厚本，知识分子不屑一顾的，就是它；二是学术性著作，社会，政治，历史，人类，考古，科学，它们开始向浪漫小说采纳叙事的方式，科幻小说大约就是否定之否定的结果。当然，类型小说满足我们听故事的同时，难免放弃一些价值，就是思想。思想的沉重与拙笨，有时会成为情节的赘物，抵消叙事的紧张度，它企图超脱亦降低了常识引起的共鸣，显得晦涩。如《乌县悬疑》，在严密的情节逻辑之中，思想的含量就显得不足，它几乎停留在社会普遍性的公义道德认识，没有突出为更高理想。但事情发展到尽头，自会破出缺口，再上一轮周期，不定哪一天，类型小说承接起思想的负荷，开创新天地。

与男生相比，女生似乎更擅长启用生活经验，大约因为比较感性，敏于体察，具体到个人，又有不同，就不能简单用性别归纳。《福寿街》的作者宋瑶瑶，以竞选演说成功担任这一届的班长，就可想象她的辩才如何了得。课堂上，必打断她发言，才能将时间平均分配给其他同学。有时候会担心她将语言的能力消耗在“说”，而透支于“写”。但也可能是另一种情形，这样外向型的性格，也许会对周遭环境和人事格外地看顾和关心。她的毕业作品在小说课堂约略呈现轮廓，渐渐唤起我的信心。我喜欢这条福寿街，我几乎断定它真实存在，如此一个有前生有今世的舞台非年轻人的想象能够设计，可贵的是，她发现了它。从某种意义上说，发现就是创造，她发现了这条街潜藏着故事的资源。乡村生产方式变形带来伦理社会溃决，是目下普遍的写作题材，上一届的郭冰鑫同学所写也属同类，但写作者的个体性千差万别，所以才会有共同背景下的不同故事。福寿街的图景就是另一幅，那些开店的女人们，从田头灶头走出来，几可象征传统中国走入现代历史。外面的世界精彩纷呈，同时危机四伏。独立的机会确实来临，但需付出道德的代价，人就是踩着废墟的瓦砾堆一步一步前进的。结尾颇有回味，从消极说，援助还是来自旧有的宗族亲缘，挽救了下滑的人生；但我们又看到一股积极的力量，那共济的双方在宗亲关系里，其实是一对同命运的女性，所以，该出手时便出手，力挽狂澜。再回到消极的意味，被挽救出坠落的，最终是回到原有的家庭生活，仿佛从福寿街败下阵，认赌服输；但是积极的力量依然在起作用，原有家庭的经济生产方式改变了，夫妇经营生意，做的不是别项买卖，是馒头。馒头这东西是有些禅意的，种子下地，生根发芽，冬天过去，春天来到，于是从休眠中苏醒，拔节，长叶，抽穗，返青，灌浆，收割，脱粒，磨面，筛麸，再和水，发酵，生火，上笼，水沸面熟——蜕变完成。虽然还是回到伦常之中，可其中的人都不是原来的那一个。福寿街是个草莽世界，杂芜之下，悄然滋生着新的秩序，这就是它的生机所在。

开头很重要，是“写什么”，结尾也很重要，它意味故事的完整，人物最终抵达目标。当然，前提是对目标的预设，所以，还意味写作者有无向往，又是否切合情节的实际——就是“怎么写”。

和宋瑶瑶建设性的结尾相反，董小令的《余欢》，则是以破坏为目标。“破坏”是一桩颇具诱惑力的事情，它危险、刺激、挑战，破坏的对象越有权威，破坏的欲望就越强烈。所以就需要先行建设，建设一个圆满自足，结实坚硬的堡垒，等待攻克。

《余欢》体现出作者建设的耐心和耐力，不惜占用篇幅的五分之四长度，破坏的能量积压起来，随时喷薄而出。这名同学有一种执拗，小说课堂的后几节课上，我们做“接龙”的训练，先让每个同学设计一个故事的开头，然后一起进行遴选，选出其中一个，作“接龙”的起点。自然，谁都希望用的是自己那一个，或沉默不语，或极力争取，经比较和说服，渐趋向一致，最后拍板。这时候，董小令说话了，意思你们不用我的，我自己写下去！作为性格，是我欣赏的类型，作为学习，则令人不安，坚持固然不错，但理性亦很重要，它可鉴别坚持的意义和价值。再说回《余欢》，董小令的韧劲倒真是用对地方，它将事态一径推，推，推到尽可能远，积重难返之势。好孩子丽青，回收着父辈挫败的人生，这回收物在她的默许下无度地膨胀，壅塞了她的前途，可她自己不也在生长吗？按着自然的法则，于是只能从缝隙中挤出去，就像那种养在坛子里的怪物。最后的玩牌的场景，实在有些心惊，循事先定下的规矩，输者脱一件衣服，这游戏有趣又大胆，散发出残酷的青春气息。涌动的荷尔蒙，萌动的爱欲，寂寞的边地长夜，湿热的南亚空气，聚集到丽青，合成壮烈的反抗，反抗她屈抑的幼年、少年、青年，向中年而去，终于中途而废，弃下一地残片，无从收拾，但也说不定，会有转机，至少，坛子打碎了，变形的肢体得到解放。

我们同学的作业都写得过长，长过它们实际拥有的体量，是刀笔有欠，没准头，总也到不了预期的点和线，就不停地做加法，层层叠叠。也是年轻，有蛮力，还有鲁勇，一股脑地上，不怕失败。面对此情此景，常有犹疑之心，一面是小心翼翼，生怕影响生态，干预成熟；另一方面，世事繁杂，世界早不是第一手，而是第二手，甚至第三手的，很难分辨什么是自然，什么是不自然，单凭幼拙的一己之身，能否真得造化？这也是小说教和学的两难。

2016 年 8 月 27 日　上海

第三辑

教育的意义

——2012年复旦大学研究生院毕业典礼发言

同学们：

下午好。在这个庄严美好的时刻，能够代表导师们作一个发言，感到荣幸，感谢大家给我这个机会。

你们更上一层，完成学业，真是令人欣喜的事情，我为你们高兴，更是羡慕你们。我没有受过正统的高等教育，是我终身遗憾，也因此对学府生活心向往之，可说是个教育信仰者。请不要把我当作一个在大学门外完成教养的范例，事实上，倘若我能在学府中度过学习的日子，我会比现在做得更好。以我这样一个对教育没什么经验的人来看教育，一方面是觉得深不可测，你可能穷一生也不能略知一二；但另一方面，似乎又很简单，那就是——有时候，我会庆幸自己是一个具有阅读能力的人，我想，假如我不能阅读，生活将是多么凄惨啊！受教育也许就是这样，使得人生变得有趣一些，不那么无聊。在今天这送别的时候，我不打算对你们谈论深奥的那一方面，因为那不是可能由我来告诉你们，而是需要你们和我们共同探寻，一代又一代，永远也得不到完整的答案；所以，我只想对你们说些浅显的嘱咐。

首先，我建议你们不要尽想着有用，而更多地想些无用的价值。这个世界上有用的事物已经太多了，所有的因果逻辑都是循着用途连接和推动，那些边缘的次要的性质从因果链上碎裂下来，被淘汰出局，生活和人生本来是弥漫的氤氲般的形状，质地也具有弹性，如今越来越被过滤干净，因而变得光滑，坚硬，并且单一。今年千分考面试的时候，我与一位报考临床医学的考生面谈，我们谈到医学伦理的问题，她说“安乐死”是一种奇怪的人道主义，我问为什么。这位女同学说，一个人的生与死不能用意义来核算。我说，你的意思是还有感情的因素，也就是关系到他的至亲、家人？她说也不是，而是——她思考了很久，说，生命本身就有价值。我希望我们学校不要错过这位考生，她解释了我的关于有用和无用的观念。

其次，我希望你们不要过于追求效率，效率总是以目的论的，事实上，我们都是处在过程中，这大约可说是生活的本质，只是这过程越来越被划分成细小短促的目的，偷窃了我们对未来的观念。乔布斯确实改变了世界，但是让世界更好了还是更不好，远不到下结论的时候。后来的人们，会不会以为，存在就隐藏于那苹果机的屏幕之后，所有的到达与归来就在于手指头轻轻的一触碰。无论是体能还是智能的劳动全被缩减成零，我们还能做什么？又还需要做什么？不做什么，是更幸福了还是不幸福？在效率至上的社会里，过程被轻视成为一种累赘，它核计为成本，然后被压缩甚至消除，为演算的方便考虑，它概括为符号，在这人工模拟的系统里，我们如何认识存在的实质性呢？假定说我们可以放弃认识的权利和义务，我们又如何去确定我们的目的？

第三，我劝你们不要急于加入竞争，竞争难免会将你们放置在对比之中，影响自我评定。竞争还会将你们纳入所谓主流价值体系，这也会影响你们的价值观念。而我希望你们有足够的自信与主流体系保持理性的距离，在相对的孤立中完善自己。倒不是说要傲视社会，而是在时间的长河里，人类史只是一个阶段，我们所处的时代是阶段里的阶段，所以，在我们可视的范围之外，实在有着更大的价值，而竞争会限制我们的参照物，在一时一地以内选择标准，决出胜负。而胜负的概念也是我们要警觉的，因为这里面已经潜在着不公平，只是用措辞平衡了合法性。

最后，我想说的还有一点，今天的教育确实有着许多问题，有一些还相当严重，可是无论怎么样，教育也不会因此而损失它的意义，它是迄今为止，最有可能公平地给予我们变好的机会，不仅使同学你们，也使我们，单是想着，你们慷慨将青春交给我们负责，就不敢有半点怠惰。感谢同学们！

2012年6月29日

神游归来，情何以堪

——获红楼梦奖感言

今年七月，去温州，沿楠溪江而至岩头古村。古村的历史可追溯到初唐，明嘉靖年间可称全盛，最为瞻目的建设是一套完整的水利循环系统。从北边高地接源楠溪江，向南边低地贯通，中间以涵洞与水碓分流，三池五湖蓄水，供灌溉和生活，注流六公里河道及二十亩水面，最终再入楠溪江。大功告成于嘉靖三十五年，正是在《天香》开篇时候的三年前。倘若我之前到过这个地方，那么天香园里就可能会有独立的水系，莲池的供水与出水都会复杂和精致，要有水碓，涵洞，溪流，景致当丰富一筹。更要紧的是，建园子的大师傅要多一位，何方人氏，姓甚名谁，哪样的相貌脾性，又会引出多少造化人工的高论！说起来是遗憾，其实是机缘不够，造一个园子，哪怕在纸上，也是需要天时地利人和，诸项成因。既需要耐心等待条件成熟，且又不能错过心动一刻，这就像开花时节，错过了就不再来了。我们所做的，其实相当盲目，准备了的不定能用着，顶用的又恰恰没有准备。古语里说的“有意栽花花不发，无心插柳柳成荫”，什么是“花”，什么又是“柳”，“有意”与“无心”之间，有没有关联呢？就是说多少次“有意”才能促成一次“无心”，或者无论多少次“有意”也未必能够邂逅一回“无心”。

在上海最早的城区南市，遗留着一些旧地名，比如露香园路，青莲街，万竹街，九亩地……从这些地名绰约可见当年园子的规制以及变迁，那露香园就是我的天香园的摹本，要重建一个几百年前的园子，无论文史知识还是想象力，都是挑战，这些旧地名无疑为天香园制定了方位以及内容。我没有考证癖，也不具备复原历史的野心，只是一种写作的笨拙，事物如若缺乏具体性质，我就无法构筑小说世界。我的人物必得在一个具象的环境中才可活动起来，演绎他们的命运，可是，对于那个年代，我没有一点感性的认识，偏又不巧，我要写的故事就发生在那个年代。市政建设改变了城市的地貌，那些旧街道已经消失，连南市这个行政区域也从上海重新编制中合并取缔，露香园上不知道覆盖上多少考古层，我的天香园究竟在哪里生根，才能开出花来呢？

2008 年底，我一边排列年表，一边勾画地图。年表从嘉靖三十八年开始，从各路正野纪表得来的零星片段，依序写下；地图是在南市老城厢地图基础上，新旧地名参照。然后将我的人物嵌入其中，为他们制定前生今世。当人物来到这已然消失的时间和空间里，模糊的景物渐渐变得清晰起来，就好像被激活了似的。所以，事情有时候是反着来的，我原先以为环境必须是肯定的，人物才可生活其中，不期然间，人物却驱散环境的模糊氤氲，使之水落石出。这就是想象的传奇性，可能是此决定彼，也可能彼决定此，还可能是共生共长。究竟是何种情形，大约就要回溯写作的初衷了。

事情要从上海的风物“顾绣”说起，在这现代城市浅近的历史上，“顾绣”几可称得上古迹了，在地方志和掌故上留下只言片语，说是顾氏女眷善绣，家道中落之后，且以女红维持生计，并设帐传授，艺满天下。等到我们生活的时代，当年盛景殆尽无余，连传说都已风过耳。历史但凡到上海，节奏立即加速，时间叠加着过去，许多东西都留在了褶缝里，不知什么时候遗漏出来一点，这就是机缘的意思了。多少年里，有时候会想一想，旧式的大家里，女眷供养族人，还是以闺中针黹，觉得很有几分意趣。即便到了近代，“五四”以后的新女性，讲的是独立，度量和能量也未必有此境界。《伤逝》里的子君，要依凭涓生得衣食；《倾城之恋》的白流苏，争取是在婚娶，好依凭范柳原得衣食；《寒夜》里的树生，有供养汪文宣的意志，可到底拗不过时局，最后落败；上海名伶阮玲玉，经济自立还有余裕，结果是男人劫色又劫财，香魂陨落……顾氏女眷究竟是何等人物？她们所供养的又是什么样的男人？那个家族又有着什么样的秉性？似乎，几下里都气定神闲，并没有经历革命的激烈和动荡。每一回想起，那一幅画面便会生动几许，疑惑也增添几重，问题接踵而至，越来越呈密集之状，就有一种催迫加紧，再也等不得了。这些人，已经在等待我了，等在某一个未可知的地方，所以，说是历史，其实更是未来，是将来未来之时，对于存在的现在时来说，都是渺茫和虚空。

然而小说是这样一种仿真的东西，没有具体性，就无依无凭。所以，还是要回到史实里去。史料，上海的史料，都不那么靠实，更接近坊间闲话，说道是，顾绣是顾家一名妾所带来，名已遗失，只存姓，缪氏，于是就有了“闵女儿”；史料又说，“顾绣”的至高期在于“韩希孟”，至今收藏于故宫与上海博物馆的绣品，多有韩希孟的款，这就是“沈希昭”的真身；史料还说，顾绣流传世间是因“顾玉兰”，她早年守寡，以设帐授教抚养婆母与幼子，“蕙兰”就此出场。有了人，就有了前因后果，那“闵女儿”是如何进到申家——也就是顾家，以名讳之忌，改“顾”为“申”，并非有为上海立传的野心，只是就便，上海的大户就用上海的名，仅此而已——闵如何进来申家，境遇如何？正房妻室如何人品？就有小绸；天降大任于希昭，希昭又是如何来历？就要细说从头；蕙兰是要设帐，当是在市井，接触的人事必要繁杂许多，就有了戥子，李大，范小，北京人叫“胡同串子”，也就是小市民……就这么一生二,二生三，不敢说三生万物，总之越生越多。为人物写结局其实是非常伤感的时刻，活泼泼的一个个离你而去，留下自己，真是寂寞得很。来时是晚明，去已是明亡，就又有一种苍茫。谁让都是明朝的人，明朝的事呢？所以，造一个嘉靖的园子也是事不得已。

写作就像一个神游，神游回来，如梦初醒，情何以堪。能够得到知音，得到褒奖，实是意外之喜，喜出望外，谢谢“红楼梦长篇小说奖”的评委。而我决不会因这“红楼梦”的奖名以为已经接近了《红楼梦》,《红楼梦》是一本天书，中国的小说因有了它而有了永不可实现的神圣，写作者们也因此有了小说的理想。

2012 年 8 月 28 日　上海

和而不同

——以隔离进行打通

有一年，上海国际电影节上放映过一部德国影片，说的是一个汉堡记者和一个泰国女孩的爱情故事，我不打算讲述故事的内容，但我决定采用它的名字作我发言的题目。它的名字为 *Same Same But Different*，翻译成汉语，我想有一个现成的词组，就是“和而不同”。词义对应，顺序也不变，只是音节不同，而就是这无关乎内容的音节，却改变了语言所传达的气氛。

我不了解拉丁字母语系中音节的结构作用，只能单方面谈谈中国话的音节。我敢说中国人酷爱四个字的组合，在我们最早的诗歌集《诗经》，所记录的诗句，基本是四个字一行：“桃之夭夭，灼灼其华”，描写女孩子青春绽放的光彩，然后就要嫁人了；“七月流火，九月授衣”，中国历法的七月季节，火星向西边移去，天气渐凉，九月里就要动手缝制冬衣。

《诗经》是古时候朝廷派遣文官到民间采集民歌民谣，继而整理加工而成，是口语本身的风格还是知识阶层的趣味所至呢？

也许，我们可以想象成上层社会攫取草根的语言方式，然后去芜存菁，变作书面，再广授予世以教化民众。无论如何，总之，在我们的说话里，四个字的句式已成为一种性格。走到偏僻的乡村，农舍的院门上贴着对联："风调雨顺，国泰民安"，另一座院子的也许是写在门楣上："春华秋实"；佛地的山门上是"紫气东去，佛法西来"；如果给你个谜语猜，可能是"南山种麻，根根交叉，风里结子，雨里开花"，打一件日常用物，什么用物？雨伞。

后来，诗歌不断演化发展，五个字，七个字，长短句，那四个字仿佛隐退了，但仔细辨认，其实还在，比如，古诗"江南可采莲，莲叶何田田"，假如中间的介词"可"与"何"摘去，就是"江南采莲，莲叶田田"，也能成立，而介词的进入使得节奏更加明快活泼，所以我说音节改变了语言的气氛。再有七个字的句式，例如"浔阳江头夜送客，枫叶荻花秋瑟瑟"，显而易见，是由四个字加三个字两组意象形成，后三个音节使得句子趋向不稳定最终又稳定住了。这样富有动力的韵律来自于中国单音节的方块字，方块字的神奇不可言传，甚至是我们这些操方块字安身立命的人都不自知的，那遥远的起源湮灭在漫长的文明史中，难以追踪。

"浔阳江头夜送客，枫叶荻花秋瑟瑟"，是唐代诗人白居易的长诗《琵琶行》的起句，我幼年时候，母亲教我背诵的第一篇中国诗歌。我完全不了解其中的含义，无论是具体的情境，还是字词的美学，但由于它们的顺口，我很轻松地将全篇背诵下来。每个孩子都有当众表演，为父母挣脸面的节目，记得我的一个表哥背诵的是一篇新课文："树老根多，人老话多，莫嫌我老汉，说话啰唆"，你看，四个字又来了！我的节目就是它，《琵琶行》。就像方才说的，我不了解它究竟在说什么，却也不妨碍受影响，最首先被触动的即是那个"秋瑟瑟"的"瑟瑟"两个字。这两个字是象声字，但前边的一个"秋"又让它变得抽象了，难道秋天的季节会发出某种声音吗？或者是指落叶的声音？是风吹过还是雨打过？抑或是南飞的雁阵在鸣叫，还是朗日底下，秋庄稼奋力成熟的拔节声？

说到这里，我开始意识到自己的讨厌，分明是给这篇发言的翻译添麻烦，还给与会者添麻烦，我向大家传达着不可传达的东西，为什么不能谈些大家共知共识的事物呢？比如国际机场；比如五星级酒店；比如美式快餐，麦当劳和必胜客；再比如地铁，地铁里的人，至少一半以上低头看着他们的苹果手机，那是由一个名叫乔布斯的人发明，被认为，事实也是改变了世界，现在，"三星"也赶上来了，大有压倒取代的势头，但源头还是要追溯到乔布斯。即便在我们本土，也不乏为全球所认识并冠以文化美名的存在，比如中国餐馆，已经遍布世界，"宫保鸡丁""咕老肉""酸辣汤"是典型性代表，"豆腐"的字音则进入英文词列，还有"功夫"——就是《功夫熊猫》中的"功夫"，中国也成为中国标志。"茉莉花"的旋律被意大利歌剧《图兰朵》带上国际舞台，同时也带去神秘残酷的中国公主和富有的东方王朝，我猜想大约应归功于马可波罗，他开通了西方与中国的商路，从此也可看出，中国符号最初是以贸易的方式输出的，这个传统似乎一直延续到今天，再加上外交，比如方才提到的熊猫，比如旅游业，比如奥运会，比如世博会……我终于说到为人们普遍接受的中国了，在最新一部美国“007”电影中，上海，就是我居住的城市，出现在里面，汽车追逐在高架桥，两边摩天大楼的窗格子灯火通明，蜂拥而倾，流萤飞溅，速度，制高点，不夜城，奇情，你们还能说不了解吗？还能说我们离群索居吗？

就连我方才说的中国汉字，也在溶解于普遍性的命运里，那方块字，单音节的藩篱在溃散。原本，它是有着强大的不兼容性，每一点外来的因素，必须转化性质，才可介入。比如，Basketball 这个运动项目，在汉语中，被译成“篮球”两个字。先将 Basket 意译成“篮子”的“篮”，再将 Ball 意译成“球”。篮球，多么好听，好看，又象形，又达意，这就是汉语的精致，同时也成了麻烦。在日语里，它直接为假名表音。假名具有灵活机动的特性，可迅速将陌生的事物融入体内，然后共生共长，而汉语的个性却过于强烈，它每接受一项不同质的成分都需经过刻意的劳动。我们在化学课堂上学习的元素表，大约很少思考过这些名词的来历，那是近代中国的科学家和语言学家也许还有社会学家苦心经营，将气态的元素归以“气”字偏旁，金属则归以“金”字偏旁，可谓用心良苦。这些文字，是先祖传给我们的无价宝，据说，仓颉造字时候，天雨粟，鬼夜哭，是惊天动地的大事。盘古开的是自然天地，仓颉开的是人的天地。中国人对文字充满敬意，凡写上字的纸张，都不敢乱撒乱弃，要小心收集，在干净处焚烧，化为干净的灰烬，回进天地。《红楼梦》里林黛玉葬花的意境，大约就得自于此。所以，后人们倘若要添加笔画，重组词义，必得领天地之旨，顺天地之意，决不可轻率随意。

然而，这样优雅的语言在妨碍我们进入现代化生活，现代化是追求速度并且瓦解距离，而我们太慢了，又太偏远，世界进入近代历史以后，中国日益丧失中心感，退到边缘，急切需要开辟快速通道，将自己纳入先进体系，成为地球村的合法村民。

我以为，“可口可乐”是一个标志性的事件，CocaCola译成这四个汉字，“可口可乐”，音律节奏全符合，字意甚至比原文更鲜明，那脆生生的四个音节，恰巧是四个字，脱口而出，有一股很爽的感觉，仿佛宣扬着及时行乐的人生观，“可口可乐”不就是这样吗？然后，七喜，雪碧，曲奇，麦当劳，必胜客……接踵而来。再后来，事情就变得急躁缺乏耐心了，比如“T恤”，比如“博客”，比如“莫泰”……我们来不及表意，直接用象声字，这时候发现，方块字自有它的好处，元素单一，方便拼接，比如“摩托罗拉”。乘着惯性，形势越来越急迫，选择象声字都是瞎耽误工夫，于是，拉丁字母裸着进来了：CEO，CDB，CT，iPHONE，一旦得拉丁字母之便，立刻遍地开花，方块字不是有拼音吗？那就用拼音的首字母：CCTV，SMG，CAAC……

动词和形容词跟着一拥而入：比如“HOLD”，我们说“HOLD住了啊”；比如“POSE”，“摆POSE”，虽然“摆姿势”不比“摆POSE”多一个音节，麻烦不到哪里去，可还是“摆POSE”现代啊，更接近世界先进地区语音；还有“COOL”，还有“FASHION”——这才是时尚的真身，脱离了赝品的嫌疑……我们就这样进入国际系统，将隔阂一点一点拆除，却没有发现，拆除了隔阂，我们将不再成其为“我们”。所谓世界大同，不过是取消着“我们”的不同，而归入另一个强势的不同。

上世纪九十年代中期，我写过一篇小说，题目叫作《我爱比尔》。用自己的小说证明自己的观点很难增添说服力，所以我只是换一个说法重复自己的意见。小说写一个中国女孩与年轻的美国外交官恋爱，女孩子问外交官：“我是最好的吗？”外交官的回答不是“是”或者“不是”，而是，“你是最特别的”。我的意思是，我们，比如方块字，是以特色点缀世界图景，并不纳入价值系统。就好比“007”的传奇在全世界背景下演出，现在也到了中国上海，但英雄总是美国公民。我还看过一场新近出品的好莱坞大片《全面召回》(*Total Recall*)，说的是人类到了二千年末，世界已成为一个整体单位，地球两端由隧道贯通，人们为节省日常开支，往往居住在消费低廉的这一端，然后到联邦政府所在的那一端上班就业，这一端的空间里，十分诡异地充斥着发展中国家的元素，和式的房屋，泰国女服务生，东欧流浪汉，还有中国字——中国字就像一图画，谁让它是象形文字呢？人们，包括我们自己，来不及地把汉字演变成图画展示，用看图说话的教学法普及中国语言，外国人好奇地握着毛笔，在宣纸上淋下墨汁，水墨也是中国特色，墨在纸上洇染简直像魔术，中国不就是一个遥远的神秘的国度吗？

在这缺乏科学精神的中国字里，有着多少诗意，只能以深刻的默契传达，于是，它特别宜于文学，我们，就是以它安身立命的幸运者。比如“婆娑”这个词，它常用来形容柳丝，我想最合适它的是江南春早初发的柳丝，并不是茂盛繁密，而是疏朗的，点点的新绿，但千条万条。“婆娑”还用来形容泪眼，不是泪流如注，却充盈在眼眶，蒙了一层雾。“婆娑”二字的音，一反单音节的截断，而是轻柔的，接近呢喃，就有一种爱惜。字形上，真的就像一幅珠帘，摇曳生风。曾经听中国钢琴家傅聪先生给学生上课，弹奏肖邦作品，他用了一个“惆”字。傅聪先生特别注明，不是“愁苦”的“愁”，是“惆怅”的“惆”。前一个“愁”字比较确定，后一个“惆”，却是暧昧的，不是简单的凄楚，而是有一股惘然。“惘然”这个词也不好说了，关于心情的中国字，都是那么不好说，就像禅，不能说，不能说，一说就是错！中国人的心啊，别看受了那么多的折磨，却丝毫没有减损它的敏感和细腻。

初次看见密西西比河，不由被它的丰饶震惊，它几乎是原始的，没有经人类开发使用，不像我们的长江，几乎耗干膏腴。它流淌过那么远的路程，两边是疲惫的土地和山峦，一片苍茫。

"苍茫"这个字也是外延模糊的，它不仅形容空间，还有时间，空间和时间一并进入视野，我们就是它喂养的人，使用着它喂养的中国字。中国字就像几千年前的陶罐，存放着我们的心情，不使之流失。

我的发言以电影名字开头，就让它以电影名字结尾。上世纪三十年代，有一部美国电影风靡上海，英文名字叫作 *Waterloo Bridge*，中文的译名是"魂断兰桥"。"魂断"两个字比较容易解释，"桥"也没有问题，需要费口舌的是"兰"，为什么要叫作"兰桥"？"兰"是一种多年生常绿草本植物，形态纤长，花有清香，我们用它形容美好珍爱的事物，比如女子的居室，文章的辞藻，高贵的品质，死生不渝的情义——结交朋友的契约就叫作"金兰簿"，将这座桥称作"兰桥"，就仿佛桥下流淌的都是相思泪。

原谅我尽是说着难解的话，我就是想说明，当人们企图全面沟通的时候，一定会遇到不可跨越的障碍，而当承认某些事情必须保持独立的存在，或许，就在隔阂中见出了真心。在我墙上有一幅铜牌，上面镌刻着爱尔兰语的文字，意思是"一千次的欢迎"。我读不出来，也不能逐字解释，这些看不懂的文字透露出遥远的距离，远到天边，也许永远不可能你我相见，相见也说不了话，可唯其如此，欢迎才成其为"欢迎"！

2013 年 3 月 27 日　上海

在同一时代之中

领导们，同行们，朋友们：大家好！

在这样的盛会上发言，在我既感到光荣，同时也感到困难，我说什么好呢？照理应当说些鼓励的话，可又觉得我自己才是更需要鼓励的，写作了这许多年，难免会感到疑惑，时常问自己，写作究竟是为什么？写作又究竟是什么？写作得越久疑虑越深。最初时候的猛进，在日复一日的劳动中消退，单纯的激情也在平息，随着操纵这一职业的熟练，创造的欲望也在降低，仿佛得了职业病，就像王蒙老师在他的小说《组织部来了个年轻人》里，那个资深的布尔什维克刘世吾说的："炊事员的职业病是缺少良好的食欲"，顺便说一下，生活中的刘世吾真是多，随时可遇。写作者也有职业病，我想就是虚无主义，我们终日都在思想和表现，生活应该是什么样的，人应该是什么样的，我们用文字在纸上企图建立一个虚拟的世界，结果是将自己都变成虚拟的了。在这个离开年轻却又没有完全觉悟的年龄里，实在是低沉的，让一个沮丧的人来鼓励你们，能说出什么有力量的话呢？

那么，就谈谈我的经验，是不是能对你们有所贡献，这个主意却带来新的困难。我们的经验看上去果然是与你们的很不同，但不同的这一部分很可能会使我们像个“九斤老太”，想想自己年轻的时候，对年长者说话多么不耐烦啊，“陈谷子，烂芝麻”就是用来形容老经验的，反过来，“不听老人言，吃亏在眼前”的说法，且像是一种恐吓，胁迫着人们来听自己絮叨，我也不希望变成你们讨厌的人。而在另一方面，我们的经验其实和你们的似乎也没什么大不同的，无非是挫败，迷茫，焦虑，犯错误。情节和细节也许不一样，可内里的实质却是相近的。有一部青春片的名字很有意思，叫作《那些年，我们一起追的女孩》，“那些年”三个字取消了所有时间上的差异与隔阂，真是的，谁没有追过或者被追过呀！这个话题就也被否掉了。

然后，或者，我们一起来讨论讨论写作的技术问题，就是说，怎么才能写成一篇好作品，在我，就是好小说。这些年，我在复旦大学中文系开课教授写作实践，积多年的教学，大概可以说些什么。然而，在这里我不得不向大家坦陈，真正的写作是无法教和学的，小说课堂更多的是施加某种影响，使学生们对文学建立信任和亲近，这也是我所认为的文学教育。我从没有期待课堂上诞生一个作家，因为作家是需要天赋的，当然，有了天赋还要刻苦用功，但刻苦用功不也应当算在天赋里面的吗？和任何一种天赋一样，写作自有它特殊的需要，它要有超凡的想象力，就是我方才说的，想象生活和人应该是什么样的；而这想象又不能太离谱，不能将生活变成神话，人变成超人，生活还是生活，人还是人，所以，就要有对生活和人深刻的认识；接下来，我们要把想象中的生活、人化作文字，文字是一桩神奇的物质，它平凡到家用的流水账都是靠它记录，它又高深到哲人用它来建立著述，一方面它具体到日常的应用，另一方面它又是如此抽象，你说为什么一撇一捺要叫作“人”，“人”字拦腰一横要叫“大”，“大”上再一横则是“天”，“天”这个字就复杂了，不只是指实有的“天”，还指向自然大块的规律法则和约束。这就是写作者的工具，不是以手的灵巧，而是以心和脑的灵巧，不知经过多少时间的进化最后侥幸得到的才能，从何教起呢？

尽管有这许多为难，可是既然已经站在了这里，我就必须将发言坚持到底，我能不能谈些感想？在今天的日子里，很自然地让我想起多年前我参加青创会的情景，那是1986年末或者1987年初，开幕之前，在工人体育馆举行一场文学晚会，由我们自己发起和组办，总导演是张辛欣，她写作的《同一地平线上》引起极大的反响，现在她定居在美国，但还继续着汉语写作。记得开场部分是三代作家亮相，第一代冰心先生以一束追光象征性地到场，接下来是张洁，她可说最早恢复个体在文学里的合法地位，开启新时期文学又一重帷幕，第三代的代表，就是我们中国作家协会的铁凝主席，她是知青作家中间最年轻的一个——晚会中，而知青作家则是上世纪八十年代的年轻人。看起来，人和事还是在变化，而且变化很快，可作家不是永远都在跟踪着变化中不变的，我们称之为“永恒”的性质！那一个晚上的年轻人已经不再是年轻人，常常会有人说：我是读你们的书长大的。这话一方面让人感慨时间过去很快，都有人看着我们的书长大了，另一方面呢，又觉得事情并不应该如此，因为传统并不是在二十年、三十年甚至五十年形成的，它不只是一本或者几本书，而是一脉思想，“读着长大”的应该是更久长深远的作家和书，比如曹雪芹、比如托尔斯泰、比如鲁迅，那也是我们正在读着并且成长着的。事实上，我们和你们，是在同一个时代，呼吸着同一个天空下的空气，经历着同一个历史，用当年的总导演张辛欣的说法，就是在“同一地平线上”，创造着同一种传统。那一年的青创会，在我个人还发生一桩重要的事件，那就是与萧军先生见面。在一个晚宴之前，有人领我去见萧军先生，在场的还有骆宾基老师。重要的不是和老师们说了话，又得了他的签名本，而是面前的人，是和萧红共同生活，互相参与命运的人，是亲耳聆听过鲁迅的教诲，扶过先生的灵柩的人，是“五四”新文学发轫的亲历者，我们今天所写作的小说，自然有中国小说的影响，但更是得五四启蒙主义的精神，是他们，将中国小说从《海上花》《目睹二十年之现状》《何典》，等等，对现实的沉溺中引领到人生和理想的严肃面对。和萧军先生面对面，分明是在经历着一个历史，隐藏在日常生活后面，却提升着日常道德原则的历史。今天，不仅是萧军先生，骆宾基先生，连同辈人史铁生也成故人——史铁生，在那个文学晚会上也没有到场，他觉得坐着轮椅上台也许挺有舞台效果，但这样的戏剧性，不合乎他的也是文学的本意，所以只是播放了事先的一段录音，他的话我还记得，意思是历史承担了责任，路还是要我们自己走，上世纪八十年代正是一个批判和反思的年代，他提出了自己的责任。史铁生走了，还有路遥，邹志安，王小波，陆星儿，赵长天……我们这一代的人都进了天国，可是还没有来得及建立一个传统，所以，千万不要再说“读你们的书长大”的话，我们的书并不足以使你们长大，再有二十三十年过去，回头看，我们和你们其实是一代人。文学的时间和现实的时间不同，它的容量是根据思想的浓度，思想的浓度也许又根据历史的剧烈程度，总之，它除去自然的流逝，还要依凭于价值，我们还没有向时间攫取更高的价值来提供你们继承，所以，还是和我们共同努力，共同进步，让二十年三十年以后的青年能真正读我们的书长大。谢谢大家！

2013 年 9 月青创会发言

建筑与乡愁

大家好，其实我是一个外行，今天到这里来参加这个活动也感到很不安。但是有一个词我觉得还是跟我有关系的，就是“乡愁”。

我的题目是——建筑与乡愁。空间对于我们写小说的人来说，更是以时间的形式呈现，因小说是叙事的艺术，承载于时间的流程。于是，我们对建筑的认识也许更多的是来自于生活人生的经验，来自于一种心情，这就是可以链接到今天的题目，乡愁。但是很快就陷入另一个困境，那就是，我以为，城市人是一种没有故乡的人，没有故乡，何谈乡愁？说起来，我的履历表祖籍这一栏里填的是福建同安，事实上这个地方非但我，连我的父亲都未必去过，这就是我的祖籍。我想表达的意思是：“城市人”的“乡愁”其实是一个伪命题。

我的母亲出生在上海，但她的家祖籍是浙江绍兴，她的祖父来到杭州建立了一份小小的产业，很快就衰败在她的父亲手中。破产后，我的外公带着一家人来到了上海，然后生下我的母亲。

在我母亲去世后，我被一种情绪左右，就是寻找母亲生活过的地方。于是找到了我母亲出生的弄堂，卢湾区永年路天香里，一个非常庞大的弄堂，几乎占据一整个街区。以我个人的经验来看，上海的阶层高低也体现在弄堂的大小，那种大型的门牌号码达三位数，甚至支弄横错的弄堂，多半比较平民化，而中产以上的弄堂，规模却很小，因此也是安静的。这条天香里似乎有些特殊，它建造的时间是1925年，应是上海城里比较早的里弄房子，或许意味着市民阶层的兴起，在当时也算得上是一个时髦吧。那正是我母亲出生的当年，我母亲就是在这里出生的，一个破产的杭州人怎么会住进这样崭新的居所？想来与我的外婆有关系，我外婆的娘家是南浔庞家，称得上富户，外婆的姐妹嫁在上海朱家，朱家就是朱葆三，有年纪的上海人会记得有一条马路就是以朱葆三命名，后来的卢湾区少年宫，就是他家的宅子。大约是这么一个显赫的亲戚，给我外公一家顶下了这套新里弄的房子。我外公天性喜欢新奇东西的人，杭州卖老宅的钱还没来得及挥霍，“天香里”无论在经济、文化，还有个人性格，都具备一个内地破落户初来上海大都市落脚的条件。

天香里作为现代新兴城市的代表建筑，有许多象征性细节，其中之一还有，这里住着漫画家丁聪一家。丁聪的父亲是民国著名画家丁悚，丁悚在1927年建立了中国漫画社，是我们新文化运动中非常重要的部分，社址就在天香里。丁聪先生是和我母亲一辈，他常和我说，你母亲太小，我和你的舅舅们是玩伴。后来我想，我大舅，沈之瑜，曾任上海博物馆馆长，那时候立志绘画，就读刘海粟美术学校，这样的决定是不是与丁悚先生以及相邻的漫画社有关系？说到这里好像跟建筑离题了，而我想说的是，我们的生活、我们的历史，就是在这样的空间里不断地积累着，这也许就是我和建筑的关系。

继续沿着母亲的历程说，后来，我母亲离开上海到了新四军苏北根据地，在上海解放的时候跟着渡江大军回到上海，接着去到南京军区，我就是在南京出生的。母亲再回上海是从部队转业，带着四岁的姐姐和一岁的我来到这个城市，在作家协会工作，安排入住淮海中路思南路口的一条弄堂，我在那里度过了我的儿童时代、少年时代和青年时代，如要说乡愁，那么就与那里有关系。

这里要提一下我的《长恨歌》。当《长恨歌》拍成电影的时候，我发现里面有一个场景就是在这条弄堂的房子拍摄的，我一眼就认出它来。这条弄堂总共只有十个门牌号码，我们家住的是四号。后来有老邻居找我聊天，说这房子造得特别不是时候。房子建造于 1949 年，几乎可以听得到渡江的炮声，开发商完全不懂政治，居然还在造房子。形势越来越紧张，很多有钱人都跑了，材料的供应难以为继，资金链也不时断气，因此工程就非常粗糙，据我们老邻居说，墙砌歪了肩膀顶一顶再继续砌。但与粗陋的建造质量形成奇怪对比的是，它的款式相当新颖，所谓钢窗蜡地，就是柳条木的打蜡地板，雕镂钢窗，花园洋房式的弄堂房子。

我们家住底层，墙和地是开缝的，很多虫子会爬进来。很多上海人知道，上海的弄堂房子分双开间和单开间，双开间是每一层两个朝南大间加一个朝北小间，单开间是一个朝南大间一个朝北小间。而我们的房子属于双开间。当机关的同志带母亲看房子的时候，我母亲要的是底层一个带花园大间和朝北小间，于是就把整齐的一套给破开了。这房子最初的设计很可能是给一户而不是给几户人家合住，但每一层还是保持着相对的独立性，而母亲将这独立性给分解了。我以为是母亲对上海住宅的认识不足，同时也因为母亲并没有准备长住，父亲不还在军队吗，所以，说不定哪一天就会开拔。

我不知道我们城市以石库门文化为标志开发商圈新天地的时候，有没有考虑过最早建造这些房子的人所设想的功能性。在我看起来，功能性是第一重要的。十九世纪英国著名艺术评论家约翰·罗斯金认为，美是和功能有关系的，凡是合乎需要，具有功能效果的就是美的，反过来不具备功能，与需要无关的在美学上肯定有缺陷。从这点出发，审视我们居住的这个房子，就可发现那时代的生活需求所决定的生活方式。房子共有三层，第一层有厨房，是比较大的厨房，倘若供一家使用，都能起炉灶，但在我们那时候则是一个公用的厨房，厨房对面，楼梯底下是一个小卫生间，所谓“小卫生”就是只有一个抽水马桶。二楼和三楼各有一个“大卫生”，有洗浴设备。作一番想象，这是给中产阶级设计的房屋，一层是客餐厅，小卫生间供客人用，从厨房上餐也很方便，朝北小间是厨子的卧室。二楼是主卧室和起居室，三楼是孩子的房间，由保姆照管。因为只是中等人家，所以没有汽车间，花园也是狭小的。

当我母亲看房子的时候，那房子已经呈现零落的状态，我母亲很奇怪的号下一层的大间和小间；接下来的一位音乐家要的更加离奇，他只号了一间，二楼的朝南带阳台大间；之后第三户人家就孩子比较多，还有老人，就将一二楼其余的房子全号下了，那就是底楼一大间，二楼一大间，加二楼的亭子间。至此，房子的结构全打散，厨房、“小卫生”、“大卫生”都成公用，即便是相对的独立性也不再可能。但是，三层楼还保持完整，其实说完整也是相对而言，因没有厨房，刚才说过，厨房是在底下一层。这就要说到三楼人家的故事，多少有一些传奇性。这是这幢三层楼房里唯一真正的上海市民。据说，他家原先是巨鹿路火柴大王宅第，也就是现在作家协会所在大院的留守人员，从实业家带来的生活方式比我们这些外来移民不知道要先进多少，来自革命和军旅的我们是非常粗放的，经常受到他们关于城市文明的教育。推想是作家协会正式接受巨鹿路院子以后，将他家安置到这里。他家住一个完整的三层，为弥补没有厨房的缺陷，就在卫生间里非常局促地安置了他们的厨房设备。

我再谈一下我们的弄堂，可窥见上海城市各阶层混杂之一斑。我们弄堂总共十个门牌号码，就是说有十幢房子，一到五号在后排，六到十号在前排，上海邻里之间比较疏离，所以我们与前排五幢房子几乎是陌生的。在我们同排的五幢房子里，一号到四号大约属政府机关接管，多是像我们这样的新市民。五号是一家私人诊所，很可能在房产开发初期就进入资金，就是参建的意思，所以这么说是因为他们的这一幢房子和其余的格式都不一样，不仅是家居，还是诊所，建筑面积至少要多一倍，占据了整个弄底。我从来没有进去过他们的房子，在这样的弄堂里人们是不兴串门的。但他们家和我们家却有着良好的关系，遇到一些政策性的问题就会来向我爸妈请教，这家老先生以及他的儿女都是小儿科医生，所以母亲常常就我们家姐弟的身体健康求得咨询。1949 年以后医院上交给了国家，也就是现在的儿童医院，老先生担任儿童医院的院长。照常规我们与他们没什么机会交道，但上海房屋的格局就是这样，让不同的人群邂逅，形成社会错层。然后“文化大革命”发生，他们家面临着极大的危机，从阶级分析上看他们并不是资产者，也不存在历史问题，可是在市井中他们这西化的家庭显得太特殊了，于是遭际相当不堪。这就要谈到与我们弄堂近邻的又一条弄堂。如果不是 1958 年“大跃进”的话，这两条弄堂是不会有任何交集的，因为各自都有自己的弄口，尽可以老死不相往来。1958 年全民大炼钢铁，铁门铁窗卸下来炼钢，墙里面的钢筋也拆出来炼钢，这样就把这条弄堂和那条弄堂之间的隔墙拆除了。现在回想，那条弄堂的房子也还是不错的，红砖墙，石台阶，走廊宽阔，房间高畅，因楼体占地大，开间就多，也因为此，住户也就多了，有点像“七十二家房客”，气氛变得杂沓纷乱。我没有追究过那一条弄堂具体的历史沿革，从理论上看，也许就是卢湾区人口稠密，二房东不断转租，在无度的扩张下，挤进越来越多的租客，因此可以想见这里住户的成分更可能是中下层市民。两条弄堂打通在政治意味上更像是阶级大融合，但隔阂从一开始就鲜明地呈现了。我们弄堂将那边孩子一律称作“野孩子”，一到放学时间便涌入我们弄堂，因为我们的弄堂宽大平坦敞亮，小孩子少而且软弱，所以，鸠占鹊巢。他们在我们这边主要做两件事情，一个是滑旱冰，另一个是踢足球，这两项都有着暴力侵入的倾向。

五号的人家无论男女都受高等教育，形象漂亮，衣着时髦，态度傲慢，骑了名牌自行车进出，十分拉风。“文革”在上海打响的信号就是“破四旧”，红卫兵在马路上拦截行人检查皮鞋款式和裤腿宽窄，第一波浪潮中，他们家就有赤脚提着皮鞋回家的。那边弄堂的人就非常的高兴，觉得他们的气焰终于受到打击了，然后就是不断的骚扰，这种骚扰是以革命的名义，所以无从反抗。“文革”之后，五号的一家全部去了美国，这里的房子卖了，再不要回来，哪怕在那边洗盘子做工，也不回头看一眼。

上海街区的格局也很奇异，大概要用一张平面图才能解释清楚。比如我们后弄的墙那面是上海社科院的院子，那时候叫党校。党校和我后来所上的向明中学楼体相连，共用礼堂。这一座建筑原先是震旦女子大学，后来分成两部分，一部分是党校，现在的上海社科院，另一部分就是向明中学，而我们却要出弄口沿淮海路再转向瑞金路才进得向明中学校门。我们的前弄，隔一道篱笆墙的是十二女中的操场，学生跑步运动时，打开篱笆墙，穿过我们弄堂，从弄口上淮海路，再从另一个弄口跑回校园，这个弄口是一个邮票交易所，每天下午邮票爱好者就蔓延到淮海路上，阻碍着交通。这条弄堂的房子与我们弄堂的隔开女中的操场遥遥相对，我们有同学住在那里，有时候我们隔空用自创的手语交谈。

再来说说我的小学，淮海中路小学，就在我们的弄堂口，准确说，是分散在弄口沿马路的一排民居里。孩子们为了炫耀自己家离得近，课间会飞奔回家喝杯水再飞奔去上下一节。我们这些孩子，谈恋爱最方便去的地方是哪里？是复兴公园。因为我们穿过马路沿思南路走就到了复兴公园的一扇幽静的边门，现在的思南公馆扰乱了记忆中的地理，难免令人惆怅。

我以为生活在上海西区尤其是淮海路的女孩子很有抵抗力，在家里哪怕拮据到住在昔日的汽车间，出门却面对消费的橱窗。你必须要有抵抗力，否则很容易就被物质的虚荣卷走。我们在市井里面生长，都打过预防针，我们知道在物质面前如何保持自己的冷静。

我们走过思南路到复兴公园谈恋爱，复兴公园曾经是一个非常安静的地方，现在相比于中山公园虹口公园也还算比较安静吧。在我们弄堂口，我生活的这个路段和街道，特别具有城市的隐蔽性。前面世界时尚潮流，后面就是千家万户柴米油盐的生活。我觉得这样挺好，可以步行去任何地方，物质和精神两个文明都可在举步间到达。在我们弄口两端有两个电影院，一个是国泰电影院，1949 年之前专放映原版电影，另一个是淮海电影院，它比较市井一点，是一般市民去的地方。也因此两个电影院各具风格，国泰电影院是欧化的，有着华丽的前厅，座位也更舒适，淮海电影院则是平民化的，一切都要简约和朴素。国泰电影院有冷气，淮海电影院没有，但是它提供纸扇，放在一个木箱子里，检票时候就拿一把，就像现在发放 3D 的眼镜。无论是国泰电影院还是淮海电影院，有一个共同点，就是前厅墙上悬挂明星的照片，流露着电影的美丽梦幻气息。

这是我生活的地方，在某种程度上，它确是由建筑勾画成空间，然后依时间的形态进入记忆，成为我的乡愁。谢谢。

发言于 2014 年 7 月 13 日

整理于 2014 年 8 月 30 日

写实主义的生命

——第四届喜马拉雅文化论坛上的发言

大家下午好！

我刚才和陈思和商量了一下，我觉得我们还是形成一个互动，互相激起有兴趣的话题，可能更加活跃一点，我就不站起来了，就坐在这儿讲。

今天给我的题目是关于写实主义的生命，我确实也是一个一直坚持写实的写作者，别人都说我几十年来有过很多变化，其实我说我是从一而终，我没有什么变化，我就是一个写实者，一直写实。对于写实的写作者来讲，可能对于新近身边那些活跃的生动的表象是很有兴趣的，所以今天的话题，就从一个最新鲜的印象谈起，就是徐冰新的作品，我想就在外面，大家都能够看见。

它的作品是很有趣的，就好像一个游戏，当你在一面看，就是我们通常惯见的山水画，我们所以称为山水画，一方面来自我们看到过的真实的山水，另一方面则是从我们所看到的画页上的山水画上形成的一个概念，一个常识，这个常识就是山水画。可是当你不到背面的时候，却发现所有的画面的形成是由灯光从各种角度和距离、投射在各种物质上而形成。

我看到以后很有感触，我就想到王国维一句话，他说其实艺术是“师法造化”。我觉得其实我们，我们搞艺术的人都有这样的野心和企图，从无到有，创造一个存在，我们的摹本哪里来的？摹本是从天地自然里来的。

我很喜欢钟表。这是一个很奇怪的兴趣，我觉得在钟表的正面我们看到了时间，是被人工分割的时间，时间是一个很难分割的东西，它是一个混沌的没有头没有尾的固有存在，可是钟表把时间分割为一点钟两点钟三点钟，继续细化为分、秒、厘。我指的是机械表，当把钟表打开后盖，我指的是机械表，裸露出齿轮的结构，布局非常平衡、有序、均衡。我小时候很喜欢拆钟表，好像不是女孩子的兴趣，觉得非常神奇，当我把钟表拆开——我家有一个坏的钟，我反复拆开，推敲齿轮的连接，无法使它重新走起来，于是就想到第一次推动，怎么能够活动起来？它怎么会活动起来？你翻过来再看钟面，是时间，时间那么茫然的东西，被我们分割成这样一个有节奏的，节奏非常均整的规定，钟表对于时间的划分形成了我们对混沌世界的常识。

我想常识，可以说是写实主义的支撑，或者是基础，或者是它的一个灵魂，我们今天的叙事艺术越来越脱离了生活的表象，我们所公认的对于生活的普遍性的认识，可是不管怎么说，人们对于具象的兴趣，其实始终是存在的，当然这个兴趣被我们的知识界所作出的解释和界定，各不相同，有低阶的有高阶的，有日常化的有哲学性的，我也试着作一些解释。

今天的总题是“无名的现实”，确实，写实主义者的困境也是乐趣，就是面临“无名”的状态。生活中有许多存在，心里明白，却不晓得给它一个什么命名，这命名是你特别给予的，但是必须运用人们公认的概念，也即常识。很多时候我们都是处在一种困惑当中，比如说有一次去买裙子，这个裙子的尺寸给了我尴尬，就是说如果它合乎我的腰围，它就显短，如果它够我满意的需要的长度，腰围又大了，来回试穿终不能决定。当然柜台小姐非常积极成交这笔买卖，反复丈量裙子的长度，她说，其实两者的长短没有差多少，你就不要纠结这个长短的事情，我说我纠结的不仅仅是长短，而是——是什么呢？我讲了半天，那个女孩子说，她用上海话说，我晓得了，你指的是“荡势”。这是一个重要的命名的获得，“荡势”，就是垂荡感。

有的时候会为找一个词为难很久，常常处在无语的境地，因为生活实在太丰富太生动瞬息万变，概念永远是滞后，不够用，我们写实主义者永远纠结于用公认的常识描绘个人的所见所识。

不久前看诺贝尔文学奖得主，小说家多丽丝·莱辛，她谈读书和写作，有一点很有意思，她也谈到人天生有一种兴趣，就是对叙事的开头、过程以及结尾，持续性和完整性的要求。她的解释很有意思，她解释得比我深刻得多，她是哲学性的解释。比如说在牙科诊所等待叫号，随手拿到一本通俗刊物，即便是一个非常拙劣的故事，也希望医生推迟喊我的号，让我看完结尾。这种对故事圆满的需要，她的解释是从人类学进化论出发，她的意思是我们的生命有开头有中段有结尾，所以我们希望听到的故事有开头、有中段、有结尾，她是这样解释的。我的解释没有那么深奥，而是比较单纯，可能我觉得每个人都有一种对悬念的好奇心，好奇它将如何结束。

有一次从郊区回市中心我的家，郊区那边车很难打，也没有地铁，我就坐了地面上的交通，三位数的公交车，路线很绕，绕一个多小时才能绕到我的家。在这个绕的过程中，我背后有一个女性，在给她的情人，显然是情人在打电话，她和他打电话的内容非常丰富和清楚，她就是责怪她的朋友为什么没有在说好的地方和时间来到，他们要去看一个店铺，决定租赁还是不租赁，电话打得非常长非常详细，我突然发现整个车厢所有声音都息止下来，非常安静，仿佛在听一出广播剧，这就是对叙事，写实主义的叙事的兴趣。而且这里的叙事又不是完整的情节，而是透露片断的信息，不断制造悬念，每个人都可以调动自己生活中的经验，攫取细节，组装成连续的剧情，拼接成自己的故事。人其实天生对于写实具有爱好的。

我想如果按照那位前辈作家的解释，原因是非常深远的，按照我的解释则很简单，无论深刻还是简单，总之，都是好奇心作祟，人就是好奇的动物。并且大家有没有发现，在听故事的人群里面，好像女性比男性多，女性好像对生活更有好奇心，对生活有兴趣，对生活有热情，男性比较热衷抽象的概念，女性的注意力则更在细节的具象的事物。

我觉得生活的外相——我们写实的，写实主义的写作者，恐怕都有一些很世俗的兴趣，容易受生活外相的吸引，我们对此有着特殊的热情。比如说我，我看电视，就很喜欢看一些八卦节目，就是两方发生矛盾了，第三方出来调解。为什么我喜欢看这些东西呢？人们都觉得我很无聊，嘲笑我，觉得你怎么一个，你总归还算是一个知识分子吧，怎么喜欢这些坊间的长短？我只是觉得，这些坊间的无聊的甚至低俗的事端里面，总会有人在。我们天生对人有兴趣，而且对那些活着的人，活动的人，对他有开端、有中段、有末尾的人的生活，我们这样的写实者有着特殊的关心，我要是把自己的爱好再升华一点的话，我可以说说这样的话，这就是现实主义的美学，就是现实生活的美学。

这种美学是否成立，我觉得决定于如何看。同样一件事情，知识分子看它，艺术者看它，有过生活经验的人看它，结论不太同，有的是哲学，有的是美学，有的是政治，有的直接就是八卦。就看你怎么看它。

最近听见宣传，有一部即将上映的电影，《无罪》，讲的是在浙江发生的一个真实案例，叔侄二人卷入到一个强奸杀人案，在司法不完整的情况下被判了无期徒刑，送到了青海去，但也没有把他们判成死刑，而是刀下留人。他们到了青海之后，经过不断的上诉，驳回再上诉，然后遇到了非常负责的司法官员，这位官员帮他们一起上诉，最后把这个案子扳回来了。

据宣传，这个电影强调的是司法公正，讲了一个有良知的司法官员，当然也是一个角度。但我看这个故事，《南方周末》上曾经有比较详细的报道，我突然想起英国的电影，是刘易斯演的《以父亲的名义》。我觉得浙江的那个叔叔特别像《以父亲的名义》里面的父亲。电影说的是北爱尔兰，现在北爱尔兰也是英国的一个问题，这个青年从北爱尔兰跑到伦敦，正好卷入了一场爆炸案，政府为了表示他们执法的力度和安定团结，很快破了这个案，把这个青年判成罪人，并且株连九族，连家人也全部判了。故事是从判决以后开始，这伙人进了监狱，青年和父亲，父子两代人的故事。这孩子在监狱里面吸毒，和那些黑帮搞在一起，觉得世界就这么不公平，永远不可能有见天日的时刻。父亲是一个小职员，这位小职员父亲在狱中就是做一件事情，不停地上诉，不停地驳回，再上诉，再驳回，直到去世，此时儿子成长起来了，从正义虚无中走出来，继续父亲的上诉，最后把这个案子翻过来。

我们的案例，就是中国故事里面的"父亲"，很了不起，这个叔叔，在整个服刑期间，坚持自己无罪，每个囚犯都有自己囚号，在监狱里面不是喊名字，而是喊号码，这个叔叔在监狱里面十几年永远不应这个号码，一定要喊他的名字才应你，这个叔叔从来不承认自己是犯人，因此给他减刑，他也放弃，他就要把案子反过来。这个电影不知道是不是写的叔叔，在我看起来这个叔叔的性格是非常可贵的性格，可以进入美学。

现实生活在我们面前演出，有很多外相，这个外相在我们的眼睛看来是不一样的故事。在常识里，就是一个冤案，最后得到了昭雪，如果是一个写作者，比如说我这样的写作的人，我们更注意人的性格，我就会注意到这个故事里面，叔叔他具有一种特质，还不能简单称作性格，也许更是一种天生的信念，相信天道，总有一日还我清白。我不知道能不能叫作美学，我觉得我们写小说的人，我们所做的事情就是要在这些所有生活的外相，以我们常识认可的外相之上，超拔出去，或者是说发现，发现常识以上的价值。

再回到写实的话题，我觉得写实是一个很容易和艺术混淆的事情，写实有一个陷阱，就是现实。写实主义在某种程度上不断地受到现实的干扰，甚至于会被现实缠绕，因为跟外相太接近。我们对生活的外相都有特殊的兴趣，用生活表现生活，哪怕超出了常识，我们依然用常识来表达它。我们这里面会有一些误区，会受到常识的诱导，把我们拽到现实里面去，很难分清，其实还是有着潜在的边界。

昨晚我看了一个电视，现在上海引进了一个英国的现代戏剧模式，叫作“沉浸戏剧”，演出者和观看者是穿插在一起，为这种戏剧重新造了一个剧场，互相介入、互相穿插。然而，事实上无论怎么介入、怎么穿插、怎样混淆，边缘还是有的，只不过它是潜在的，它不是显性的。这里面有一个界线，这个界线我们怎么去区别它，生活和艺术的界线常常是模糊的，滑过来滑过去，艺术里的东西有时候回到生活表象，回到常识中，再被下一轮艺术启用。

比如说我看《呼啸山庄》，发现一件有意思的事情。《呼啸山庄》里面，希刺克里斯为了报复凯瑟琳，娶了他不爱的伊丽莎白，带着姑娘去到呼啸山庄，这个新婚之夜，希刺克里斯不断地折磨自己的新婚妻子，恶毒地打击她，虐待她，在这个恐怖之夜里，开始了婚姻生活。后来我看到莎士比亚的《驯悍记》，《驯悍记》里面，新郎把他的骄横的妻子娶回家以后，对她的整治，可以说是一模一样的。我相信这个作者当年一定看过《驯悍记》，这个情景就被移用过来。在此，我发现艺术和常识之间有一条通道，常识成为艺术，因为传播和被接受，艺术又变成了一个常识，然后这个常识又再次进入到艺术里面去。我觉得这个潜在的界线，很有弹性，润滑度很强，很难给它清楚地划分开来，但它确实存在的。

现在我觉得媒体又给写实主义一个新的困境，这个困境就是说有那么多的手法，那么普遍的传播，可以把生活的外相描写得更加逼真，甚至于写作者的“师法造化”的能力都及不上，这种完全没有改造的写实，没有变形的写实在我们看来非常好非常有力量，超过我们创造。有的时候看纪录片，看真实的案例，对于我们写作者的能力都是一个挑战，它向我们挑战的，就是真实的事情发生，比你们创造得更好。在这个时候我们是妥协呢，还是再进一步？我觉得妥协是不甘心的。因为毕竟我们还是创作者，我们还是有野心去“师法造化”，我们所以要创造，其中有一个动力就是对于我们所身处的现实有所不满，现实有所缺陷，有所不完整，希冀通过我们再造，把它完整化。而且自然那么广阔那么巨大，想象一下，我们刚刚看到的山水画，是在天地之间，我想，我们现在所造的东西是一个微型的造化，我们唯一的满足，就是我们把它完整化了。

所以在这方面我们又不可能放弃我们创造的权利。

我先说这些，看看陈思和的回应里面，我能不能得到一些新的启发，新鲜的刺激。

2016 年 10 月 15 日发言

2016 年 11 月 11 日整理

第四辑

成长初始革命年

倘若以演义的方式看历史，我们这类家庭，住进上海中心区的淮海路，掺杂于小康市民之间，就有些草蛇灰线春秋笔法的意思了。上世纪五十年代，新旧交替，对上海，不止政体的改换，更涉及生活理想。近代中国大陆，长江三角洲临海口的滩涂，在极短促的时间内，迅速培养成一种新人类。不久前，流连乡土，经历着荒年饥馑，丰年谷贱的耕农命运，倏忽跃入资本飞地，于工业社会细密分工中，领取生计。左翼作家批判现实主义文学里，无产者受剥削和压迫的苦状，到坊间民里，则另有一番面貌。比如，有一首上海女工的歌谣：

栀子花，朵朵开，
大场朝南到上海，
上海朝南到外滩，
缫丝女工好打扮，
刘海发，短袖衫，

粉红裤子肉色袜，
蝴蝶鞋子一双蓝，
左手戴着金戒指，
右手提着小饭篮，
船上人，问大姐，
“啥点菜？”
“无啥菜，油煎豆腐汤淘饭。”

歌中人物大约是从包身工熬出师的正式工，在精英知识分子眼里，是不觉醒，需要启蒙的民众，而在他们自己，何尝没有一种满足与得意，一双空白的手挣出衣食温饱。古人说，有恒产方有恒心，这些从破产的农业中逃离出来的赤贫者，终能安居乐业，规划人生。歌谣中满溢着的喜悦，庸俗是庸俗，但却也是新鲜的。

后来，我们在这城市将邂逅的无产阶级，与政治教科书上，形貌相距甚远。我的同学中，往往有父亲一人养育全家老小，因母亲是全职主妇，起居饮食均为中上。相比较，我们这类干部家庭，反显得物质匮乏，生活粗糙，所用家具多为公家租赁，钉着写有编号的铁皮牌子。家中保姆又是从军中随来，收拾房屋犹如打扫兵营。我家所住的新式里弄，规格为蜡地钢窗，可无论主仆都不知何为“蜡地”，拖把浸饱水，来回几下子，细柳条木地板上的蜡便清洗殆尽，再几下子，漆色褪去，煞白一片。床单被单似乎唯有一套，没有备用的替换，大好的太阳天里，一日饮食从简，全力拆洗晾晒，赶在就寝之前缝好铺就。我们还显得教养不足，亦因为好奇心重，常会在不恰当的时间进入同学家中，或者过度滞留。看人家围桌用餐，饭桌四边垂下线钩的蕾丝，碗盏盘盏镶着金银线。做父亲的用毕离桌，独自坐在沙发看报纸，这中年男人长相英挺，穿着整齐，除去居住逼仄一项，其他与有产者无异。可偏偏学生表格上，成分一栏赫赫然填着“工人”二字。这一类工人同时又是高薪阶层，名曰“保留工资”，是从1949年以前沿用下来的旧人，履行了新政权对民族工业的保护政策。“文化大革命”中，学校进驻工宣队，来自杨树浦大工业区，苏北口音，蓝布工装，这些还合乎概念中的产业工人，可是嘴里镶金牙，且又超出常识范畴了。这城市劳动者的另类风格还体现在保姆的人群。我家楼上住一位延安时期的音乐家，他家保姆单独起炊，菜谱和餐具都在自用的系列。她用餐也是我们观瞻的节目，即便只是一个人，又是公用的厨房，依然保持着餐桌礼节，那就是正襟危坐，目无旁顾，细嚼慢咽。对我们，她并不驱赶，相反，有几分欢迎。在她，以及邻人们，都认为有义务教育我们，什么是生活。

推进新式里弄或者公寓大楼的一扇门，扑面而来酵母和葱蒜的气味，那么，十之八九，是南下干部的居所。鲁豫皖的籍贯，主持内务的可能是族中一位寡居或未嫁的姑舅表亲，裹着小脚，扎着裤腿，一身黑布衣裤，与厨房浴室四壁的白亮瓷砖形成对照，其中包含着历史政治的隐喻。这城市的建筑里，嵌着许多隐喻，再物化为具象。倘也要归纳，我想，我们家的声色气味，大约可定为“酱”一系的。

方从征战中走出，陡地收住脚步，安营扎寨，凡事未有从长计议。父母选择居处的心情大约如同行军途中号房子，所以就会将成套的打散拆零。如我们这种没有原乡的家庭，没有故亲故旧，就是由保姆来决定生活方式了。我家的保姆，不知因循哪一条源流，是军区所在地南京，所以招聘多来自江苏北部？我的奶妈就是六安人；或者上海城市，这一行业以淮扬为主？总之，我们家的保姆，都是这一籍。其中一位，在家二十多年，带大两代人，又如家庭成员，密不可分的，就来自高邮县西北乡。在我们家庭城市化的过程中，她们起到的推动作用，毋庸置疑。就是那一位老保姆，十四岁来到上海帮佣，亲历各历史阶段，上中下各阶层变迁，于是深知其变中的不变，由此树立原则，立志遵守。比如，她决不跟风新派，称雇主为“同志”，坚称“先生”和“师母”，数度纠正，终究拗不过她，只得由她去了。淮扬，尤其乡间，烹饪以油酱为主，事实上，保姆们，多少也有迎合我们粗放食风的考虑。因此，我们家的菜系一律为红烧，红烧肉，红烧鱼，红烧狮子头，红烧排骨，红烧蹄髈为重中之重。那一整个蹄髈，北方称“肘子”，先在温油里滚一滚，然后放料酒葱姜，以及大量酱油，细火焖炖，其间不断观察，视情形添少许水，不使锅干，待汤汁渐稠，放下糖去，酱色便起来晶亮一层，显得特别丰饶。那一种肥而不腻，酥而不散，入口即化，无论老少贵贱，都无法抵住诱惑。“文革”中期，广州交易会重启，我的姑夫从新加坡来到广交会，再从广州来到上海，这是父亲离开故地新加坡后，第一位踏上大陆探望我们的亲属。作为一个走南闯北的商人，吃过美食无数，且又闽南出身，崇尚清淡，可依然被这一味蹄髈征服了。我想，这餐饭从某种程度上，纠偏了冷战时代铁幕中国的想象，至少，日常生活还在继续。事后，他写了一封信，委托父亲替他的食油公司采买黄豆，这就有些不知有汉，无论魏晋的意思了。父亲母亲经反复讨论，最后口授予我，笔写回信。信中说，爸爸妈妈都去干校工作，姐姐下乡劳动，只有我和弟弟，随“女用人”在家——我注意到“女用人”这个旧式称谓，绝不是我们习惯用语，显然是为照顾他们对社会主义的后进认识，给公有制以温和化印象。姑夫二度来到上海，就是改革开放的上世纪八十年代，其时，擅长烹制红烧蹄髈的“女用人”已经告老还乡。从此，我们再没吃过这样的红烧蹄髈了。

淮扬菜肴到我们这样的军旅家庭，扩张了浓赤的风格。我以为，于乡下出身的保姆们，也是相当过瘾的。就好像回到柴灶跟前，灶膛烧得通红，热锅大油，巴掌宽的鱼肉。著名扬州评话家王少堂的《武松》，英雄饮食，“牛肉动把抓”“鸡蛋甩流星”，就是那样的气势。父母的战友，凡来到我家做客，总是吃到忘情。阿姨站在身后，看桌上酒醉饭饱，觥筹交错，脸上的表情十分满足。而母亲却定要阿姨走开，这一幅用餐图，与革命者身份有所抵触。阿姨她总要抗拒一时，我想，除去职业操守所至，更多是喜热闹爱人多的心情。这一回，母亲相当坚决，几番来去，到底胜出了。

保姆改造我们家生活的同时，她们也享受着新民主主义的平等自由，镇日里房门大敞，坊间邻里，乡下上来的亲戚，保姆业内的结识，全可穿堂过室，道短论长。曾经有一度，家中有变故，需辞旧迎新，母亲辗转介绍去一位越剧名流家帮佣。那一户人口清简，夫妇二人极少在家吃饭，衣服是送洗衣店的，只几件丝绸内衣，不及盈握，揉几下便得。所住公寓大楼，一门当关，“鸡犬声相闻，老死不相往来”。每日的工作，就是坐一张矮凳，持软毛刷清洁红木家具雕镂里的浮尘。本已是放纵惯了的性子，好比受过启蒙，再无法蔽塞，如何拘束得了。不过几日便逃离出来，回到我家。再是一番辗转寻觅，终找到一户雇主，纪律稍微松弛，人口也旺盛些的，做了二年。其中又有一段故事，稍后再述。总之，一旦机会来临，保姆她又回我们家，终至晚病，被女儿接回。

我们家的主仆关系，餐桌风格，以及床上寝具的拮据简陋，于居住所在的上海西区，无疑是一个异数。干预愿望最强烈的是三楼的人家。这幢房子不知经过怎样的演变，使用权归属上海文艺系统，一、二层几户无论更替，都不出作协与文联范围，唯三楼上的来历略有曲折，这就要说到后来成为作协机关的院子了。这幢维多利亚式的花园洋房原属于沪上著名企业主，史海钩沉，近年来浮出水面的匈牙利籍捷克建筑师邬达克，就是它的设计者。这名好运气的流亡移民，因有一位房地产开发商的朋友，于是得到许多订单，如今多已成为地标，记录着这城市半殖民地半封建的历史，比如，和平饭店；比如，马勒公寓；再比如，作家协会，不只是原来，还是现在，它有个浪漫的名字，“爱神花园”，散发出希腊的气味。事实上，邬达克不过是以欧洲建筑格式为样本，简缩规模，移植到远东的资本飞地，其实是有些俗丽，正够满足新兴中产阶级的虚荣心。这户业主在新政权建立的1949年前夕，举家迁徙，往台湾或者香港，三楼人家大约是留守的家仆。他家的外孙女儿，比我长一岁，婴儿照片上，背景就是这座花园。我们家来到这城市的时候，我刚满一岁，从记事起，他家就在三楼，小外孙女儿是我自小的玩伴。认真算起来，他们和我们住进这幢新里房子的时间，应是在前后脚。

据三楼外婆再三再四提示，曾经带我们姐妹和她外孙女儿，一同去城隍庙玩。我和小外孙女儿，面对面坐一辆童车，外婆推车，腾不出手搀挽第三个，即我的姐姐，便嘱咐拉紧她的衣角：“乖囡，千万不可松手啊！”外婆说。如此一行在熙攘的城隍庙穿行，确实挺险的，而我们尽兴而回。这次颇为心惊的出行我本来毫无印象，但在反复述说下，渐渐觉得果然有这回事。外婆风度翩翩，衣着考究，谈吐也文雅，照常规，事实上也是，她高高在上。三楼这一层是这栋房子保持完整的一套居所，朝南两大间，朝北一小间，人称亭子间，有单独的浴室与储藏室，唯一的缺憾是没有厨房，厨房是在底层，供全体住户使用。显然，这栋房子本应归一个家庭所有，从这方面说，生活在凋敝。应了上海人一句俗话：螺蛳壳里做道场，外婆家的厨房设在浴室里。即便这样，他们家还是要比底下的三家宽敞阔绰得多，基本维持中产阶层的起居方式。养尊处优的外婆常常走下楼来，坐在过道上的小板凳，因为我们都没有关门的习惯，所以南北通畅，夏天的午后，穿堂风习习，格外凉爽。外婆手持一柄细编蒲扇，轻轻在胸前摇动，和保姆奶妈们闲话家常。厨房里的烟火气逼出来，楼梯脚与地面的缝隙有蚰蜒爬行，留下银色的涎迹。外婆不嫌弃我们，并不意味对我们没有批评，批评是外婆闲话的主题，当然，都是以建议的方式。不止在饮食方式和起居习惯，还包括日常用语。比如，我们说爸爸妈妈带我们吃“西餐”，我们就是这样的家庭，吃西餐，却没有足够换洗的床单，原因也很简单，床单要用布票，布票是配额供应，在发行布票之前，我们来不及储备积存，就只能有一点，花一点。我们说，吃“西餐”，外婆说：哦，吃“大餐”。

同住一栋楼的小孩子中间，外婆似乎对我有特别的器重，常邀请我上楼去，和她的外孙女儿玩耍。也可能是我与她小外孙女年龄相近，而独生子女的寂寞是可以想见的。尤其是，没有兄弟姐妹分享家庭福利，他们多半缺乏妥协的意识，不擅长与人相处。这孩子常常一个人站在二楼的楼梯口，这个角度正好看见底楼房间里的孩子们嬉闹游戏，我们楼里严格讲只有我们与另一家多子女。她眼馋地看着，然后在大人的叫唤下转身上楼，那背影相当孤单。上去三楼，就会发现楼下几乎是一个草莽世界，大人在家还好，一旦上班，小鬼当家，奔跑、叫喊、吵嘴、哭泣，但一切都止于通向三楼的楼梯口，无论多么调皮捣蛋的角色，都不会莽撞到私闯三楼，当然，那小外孙女也不能擅自下楼。外婆特许我进他们家门，那孩子对我慷慨极了，将她的玩具兜底倒出抽屉，摊在蜡光油亮的地板上，同一种材质的地板，我们家和他们家完全两个面目。她的玩具与我的也完全是两路，她的，更像是旧损的生活用品，废弃后让孩子私藏起来。这些器物的残片，有一种华丽，又有一种颓废。比如，哑了的八音盒，盖板上是螺钿镶嵌的芭蕾舞女郎；缺裂了的赛璐璐茶碟；胸针的骨制饰面上的玫瑰泛黄了；断了环扣的项链……它们散发出陌生却又魅惑的气息，相形之下，我自己的玩具变得索然无味。那些娃娃、积木、办小人家家的碗盘，木制的汽车，玩沙子的小桶和铁铲，事实上，玩具都是仿真品，缩小版和幼稚化的，而三楼女孩的，却是真家伙。

这小姑娘游戏也是来真的，比如，烹饪。她会给自己，现在还捎上我，做好吃的。我最喜欢的是她做面饼，面糊里打进鸡蛋和白糖，调匀了，铁锅里的油也热了，一勺面糊放下去，圆圆的荷叶般浮在锅底，油珠子围着周边滋滋地冒泡，真是香甜。她很舍得用料，要知道，白糖食油这类物质，都在国家管控范围，外婆却由着小孩子任意消耗。显然，他们家无论财政还是供给，都有着计划外的渠道来源。后来，我稍长大成人，接触社会逐渐广泛，就知道这城市有不少家庭，依赖特殊的进项维持生计，多少有些神秘，带有违禁的意思。小学里有个同学，父母在香港，她们姐弟随祖父母生活，她的衣着和文具都显得新颖。曾有一度，我与她往来密切，没有父母在身边的孩子总是十分渴望友情，她爱送我礼物。有一次，母亲很敏锐地在我铅笔盒里发现一枝花杆铅笔，明显是舶来品，勒令我归还，并且亲自监督执行。她凑到我耳边，放低声音，问：为什么？我移开耳朵，埋头在作业本上。从此，我见到她就止不住满脸窘色，而她，也很识趣地疏远我，就此中断友情，小孩子之间的关系是很脆弱的。后来，她去香港与父母团圆，在我们同住的街道上，再也看不见她的身影。我想，香港作家陈冠中，大约也是当年那些孩子中的一个。

我母亲也干预我与三楼小姑娘的亲昵，常是以抽查的方式。午觉时候回家，发现我没有在自家床上，便让保姆上楼去，将我从人家席上喊起来，小姑娘从午睡中醒来，眼巴巴望着我下楼，心里边大约也和那个小朋友一样疑惑：为什么？外婆下一日还是会来叫我，我不知道外婆对我的喜欢来自哪里，有一日，她说我长得“趣”，那时，我对上海话所知甚少，以为是说我可笑，经解释才明白原来是“俊俏”的意思，难道因为这一点向我打开大门？显然不足够成为条件。倒更像是一种争取，三楼的世界，宽敞、整洁、富庶、秩序井然，从阳台眺望，可看见弄堂前面女中的操场。这女中是一所初级中学，生源在中等水平，看她们在操场上活动，如同蚁群一般，就觉得命运很不幸，而我们断不会进这样的中学，肯定会有着更光明的前途。在上世纪六十年代上海，这样的楼层几乎可俯瞰人间，头顶上是蓝天。快乐总是被母亲中止，她一下班回家，就要找我。很快，我就学会在母亲到家之前下楼来，于是，到三楼玩要多少变成一种地下生活。

母亲防御市民风气溽染的同时，又常有妥协，比如，她对“先生”“师母”的称谓逐渐处之泰然，偶尔的，让保姆向外婆请教菜肴的做法，还有一回，学校临时通知我去少年宫接待外国小朋友，来不及准备衣着，母亲亲自上楼借那小姑娘的裙子。外婆一下子拿出三条，母亲很有眼光地选中紫色蕾丝边的宽背带裙。因我比那女孩个头略高，所以裙摆短到膝上好几厘米，篷开，类似芭蕾舞裙，很出了风头。这些学习借鉴并不妨碍母亲继续警惕我们被物质主义演变，尤其居住商业区的淮海路，红尘滚滚。那女孩的零用钱比我宽裕得多，又很慷慨，夏天，她请我去跳水池游泳。跳水池是带有俱乐部性质的游泳池，票价很昂，进出都是中产以上阶层的时尚男女，对于小孩子难免过奢了。这女孩特别有运动素质，泳技出色，而我，一口气游毕便难以为继，无论年龄、身份、技能以及孩子气的泳衣，都和跳水池的格调不搭。她呢，宁可陪我在浅水区玩水。每次去跳水池，我的心情都很沉重。接受他人的礼物，价值远远超过一支舶来品铅笔，对母亲是严重的背叛。跳水池的享乐空气更有一种颓靡，与新时代不符，我仿佛就要堕落了。避开耳目，潜出家门，又潜进来，悄悄清洗泳衣，晾在院子的一角。玩耍的乐趣尽数抵消。终于有一日，我们已经走到跳水池，排在买票的队伍里，我却突然消沉，鼓不起勇气，退出来，一个人回去。小伙伴的眼睛一直在身后，失望和不解的，烧灼着我的背影。

住在这条街上，无论纵向的历史，还是横向的阶层，物质精神，法内法外，幕前幕后，全混杂一起，相安无事。似乎有一种天然的协调功能，将各种差异甚至冲突，有效地消化，最终各得其所。比如，某一条弄堂，弄底是资产者的独幢楼房，弄口的老虎灶住着祖孙二人，卖水为生，两家的孩子且在一所小学一个班级读书；公寓里的孩子和背街上烟纸店业主的儿子，也是同班同学；如我们这幢文化机关所属房屋的左邻右舍，一家是沪上最大绸布庄老板的长房，另一家是开业的私人诊所，再过去一幢，则是市委机关事业处的房屋，多是山东籍的公务员家庭，刚从乡下出来不久的孩子，穿着土气，依墙坐在小板凳上，怯生生地看着弄堂里过往的邻人。这些公有权的房屋的住户，具有相对的流动性，迁进迁出频繁，不像那些拥有产权的老住户，从某种角度看，它们积累着这城市的历史生活。当然，积累是脆弱的，在二十世纪的战争与革命中，几近灭顶，但当大潮退下，回首望去，又露出水面，方才知道它们的顽固性。

和平的生活，自然会养成安居的概念，我们家钉着单位编号铁皮牌的白木家具或是被购买，成为私人财产，或者换成新家具，边角上带着曲线和雕饰，流露出实用以外的美学需求，是一点点过日子的奢心。我们家至少有了部分备用的床单，可一半一半地换洗。母亲的衣橱渐渐丰满，还有了几件化妆品，其中一小瓶法国香水，被姐姐打碎。她做了一朵纸花，每一叶花瓣涂一种颜色，滴上香水，准备献给妈妈从人民公社劳动归来。未及得到夸奖，先被厉声斥责一顿。后来，母亲在她的小说《给我一支枪》，使用了这个细节，笔端流淌出温暖的感动。革命者妈妈与香水彼此不搭又有搭，就好比战争与和平的关系。艰辛奋斗的目的不就是“从此过着幸福生活”，童话与传说往往如此结局。张爱玲和胡兰成登报结婚启事，向公众立约：岁月静好，现世安稳；农家柴门的楹联：风调雨顺，国泰民安，就是世俗版的“从此过着幸福生活”。然而，理想自有超越日常性的价值，它继续启蒙民智民众，呈现周期性的节奏。于是，它又来了！

看起来，这个城市完全没有做好准备，否则，你很难解释，猝然间，满街都是被剪了裤脚和赤足提着皮鞋的男女，三轮车的生意格外兴隆，车夫们奔跑着，车上坐着表情仓皇的乘客。店铺的招牌摘下来，当街砸个稀烂。红卫兵立在长凳上向路人宣讲，清脆的北京话通过扩音器散播开来。人群朝不同方向涌动，是逃离什么，又是迎向什么。小孩子夹在其中，赤红或者苍白着小脸，心别别地跳，耳边有一个声音：出事了！在我的个人史中，“文革”就是这一日开始的，它一下子撕掳了这城市的体面，就是体面。高尚的政体尊严是属于北京这一类首善之地，现代崛起的上海市民社会，充其量是一点体面，以物质心和虚荣心堆垒起来。这城市的弄堂里，有一支流传极广的英国童谣，演变成上海话的谐音：

马铃铛，马铃铛，
大家一起马铃铛！
原文是：
FALLING DOWN
FALLING DOWN
LONDON BRIDGE FALLING DOWN
MY FARE LADY

讲述了一个倾国倾城的故事，如今，“窈窕淑女”披头跣足，四下里乱窜。

狂飙过去，稍事平静，生活渐归常态。有一个夏季的午后，即将向晚的时分，还有些晶亮的阳光，停留在梧桐树叶间。公共汽车到站开门，底下站一对父子，穿了汗背心和拖鞋，儿子，一个少年人，背心染一片血，顶上敷着纱布，显然是血流的来源。那父亲与司售人员商量，能不能上车，只乘一站路。即便在“文化大革命”时期，上海的公共场所还保持旧式的遗风，其中一条是，着拖鞋与背心者不能乘坐公共交通。那女售票员欠起身子，望着门口的父子，有片刻迟疑，然后点头，允他们上车。父亲掏出钱包，买了车票，因只是一站路，就没有落座，而是站在车门前。车厢里一片肃静，车行走在梧桐树夹道的林荫里，阳光透明。这城市依然美丽，少年的背影则抹上一笔血痕。人们已经见过许多血了，苟且心迅速将其掩埋。不用问，都想得到，眼前又是暴力相加的一幕，因是父子结伴，就更可能发生于街巷邻里。历史又来到斗争的周期，阶级性彰显于各种人际关系，有一类是原本潜藏深处，如今浮上水面；另有一类，则是新近演变。大规模的抄家之后，许多住房被征收封贴。有一些进入分配，还有一些只是闻风而动，强行入住。无论前者还是后者，大多怀着强烈的不平，自恃占领正义高地，不时发起挑衅。这是比抄家更具进攻性，一是一时，一是长久。派出所收到大大高过于往常的纠纷事故，请求公道。这也是上海市民独有的理性，相信政府，相信宪法。看起来，这一对父子就是从派出所出来，又去过医院，走在回家途中。夏日里，暑气渐消的傍晚，平铺的光线，从两边建筑拉毛的立面上，温和地反射出毛茸茸的金色粒子。多么忧郁啊！父子俩在静默中下车，车上人目无旁视，车门闭紧，继续向前。

这一幕其实已是余韵，激烈的剧情已经上演过了。在我们弄堂里，左右两户不必说了，日夜大门敞开，抄家者，滋事者，骚扰者，以及看热闹者，如入无人之境。箱笼搬到天井里，掀开盖，多年的过日子的积存，暴露于光天化日。成捆的毛线、摞起来的布料、药材、补品……还有锡箔——阴冥里的货币，如何对应阳界的财富，于我们这样的新居民是百思不得其解。我们对安居的生活尚不得概要，何谈精髓。查抄传奇十几年过去，又生后续，“文化大革命”结束，归还抄家物质，比例大约只在十分之一二，其中有一具沙发，返回修理时候，竟发现沙发芯子里夹裹着金银首饰。藏匿的人，他们家的老奶奶，按本地人称“阿奶”，绸布庄老板的正房妻室，此时已经去世。这位出身浦东乡下的女人，在弄堂里以节俭出名，碎旧布头都会拾起来，积少成多，捆扎拖把。她待人和气，毫无老板娘的骄矜。她的浦东娘家的亲戚孩子，穿着自家机织的土布，在弄堂里与大家玩耍，有淘气鬼学舌他的浦东口音，就羞涩地笑。你就可以想象一部勤劳致富的发家史，可视作中国民族资本家的缩影。那些日子，我们弄堂的夜晚，几乎家家黑着灯，就像战时防空宵禁，稍不留神就会引祸上身。在几幢机关权属的房子里，时而也会有抄家者闯入，那都是单位里的造反派，比较讲政策，查抄不外是针对书籍、笔记、资料，与意识形态有关，抑或还有枪支、电台、国民党委任状，听起来颇为荒唐，罪恶的性质也相当抽象。而对于那些旧日的企业主，敌意却是具体的，就是财富。在上海这城市，阶级的异己性，极大程度体现在贫富的差异。这个势利场，听听那些沪谚：叫花子吃死蟹，只只鲜；不怕天火烧，只怕跌一跤——意思所有家当只在一身行头；被俄国十月革命夺走一切，流亡在上海的白俄，做点街头小生意维持生计，被叫作“罗宋瘪三”，后又延伸用于所有的落魄者，身穿洋装却不名一文："洋装瘪三"。现在，"瘪三"起来造反了。我亲耳听见那遭受凌辱的有产者，背地咬牙切齿骂：瘪三！因此，有时候，无须确凿或者疑似的罪名，单是殷实富裕，便可激起愤怒。

三楼终于被抄家，都不知来自哪里。老先生，我们称公公的，早已赋闲；女儿女婿都是普通职员；小儿子，我们称舅舅的那个年轻人，原本在北京清华大学读土木专业，因没有服从工作分配而成青年右派，回到上海，做一名社会青年，摘帽以后在一家工厂做操作工。外婆和邻里说起对儿子学业的投资，常提及一副模型的昂贵价格，流露出血本无归的憾意。然而，当她去北京领儿子回家，目睹的京城，其水土粗粝，生活简陋，无异于蛮荒边地，那就更不要说内陆城镇，所以，还是回来的好。造反派上到三楼，起先还寂静着，忽然就在楼梯口，起了争执。一楼二楼房门紧闭，依然有动静传来。是外婆和舅舅的申辩声，又被抄家者的呵斥盖过，然后听见舅舅下楼的脚步，走出后门，远去了。过后才知道，外婆催促舅舅快走，赶上夜班，递给一把雨伞。这天是不是下雨已经记不得了，总之抄家者一定要检查雨伞，外婆不让，于是抄家者越发生疑，强行打开，发现伞里塞着一卷存折。我很佩服外婆的勇气，竟敢与造反派叫板。再一想，外婆这样的人，经历的事情多了去了。《上海滩》的电视剧都看过，黑白道贯通，方能立足。更加令人感慨的是，临到这时节，天翻地覆，今天不知明天，外婆还有捍卫私人财产的意识。从乱世中过来，外婆的经验也许就是，任凭哪个世道，没有钱是不行的。

我们家没有被抄，但似乎天天都在等待这一天。晚上睡觉，妈妈把姐姐别着红卫兵袖章的外衣，放在显眼的位置，表示我们也有组织里的人。事实上，姐姐的革命身份也已岌岌可危。母亲向我们公布了父亲是摘帽右派，被开除党籍军籍，所以我们都要识相点。我们严守秘密，对谁也不说。可是，有一日，三楼的小姑娘对我说：里弄张贴布告，让右派都去报到，你爸爸和我舅舅，他们都已经摘帽，应该不算！她从哪里知道的呢？当然，没有不透风的墙，却总要有具体的来源。一定是外婆，外婆就是个百事通。小姑娘和我说这个，是不是出于某种本能，安全的本能——我和她是一类人，我们不必像许多好朋友那样反目了。那时，我们是十二三岁的年龄，日子过得不错，爸爸妈妈的心肝宝贝，没经过什么事的，风暴袭来，我们在一条船上。

虽然没被抄家，但母亲的处境不容乐观，就看从哪方面解释。她属青年作家，但又属“三名三高”；她从新四军来到地方，同时呢，丈夫，即我的父亲且是摘帽右派。大字报是免不了的，靠边站亦是当然，好在，他们都在壮年，体力和精力还顶得住。饥寒、漂泊、战争、军旅生活，给他们足够的历练，吃苦不在话下。然而，安居乐业的生活使他们变得软弱了。我想，物质得失还不那么紧迫，我们家就是那种，上海人称为“脱底棺材”，还有一句话，“老鼠不留隔夜粮”。我姐姐出生军区大院，实行供给制，为给她买一辆儿童自行车，花尽每一分钱的津贴，好像不打算过日子了，事实上，日子不也是继续过下来了？此时，家中存款在银行冻结，也不再有额外的稿费来源，只靠干薪，不能开源，就当节流。可母亲就会用一包硬币——人民银行首次发行，留做纪念，崭崭新，发出银子般的光泽——母亲拿出这一包硬币，带全家饱吃一顿冰淇淋。仿佛还在当年，日子总能过下来。母亲的软肋是在另一处。

记得是一个星期天的下午，天色阴沉，并不是适宜出游的日子，但父亲母亲却决定阖家去龙华公园。动荡的世事里总还有一点点平安道。姐姐声称不去，一人留在家里看书。那时候，她正经历青春期，不愿与父母弟妹厮混。当我们四个走出家门，走过后弄，走向弄口前的淮海路，母亲突然转身折回头。再来的时候，则是押着姐姐，一前一后走来。到了公园，走在绿意薄瘠的草坪，听母亲与父亲耳语，口气愤然：我与她说，我和爸爸的问题还没下结论，不到划清界限的时候！这话说得过重了，而且，文不对题，因姐姐她并不具有什么政治抱负，只是生性喜爱热闹，红卫兵、辩论会、大串联，人多起哄的事情都要挤进一只脚。可是，那年月，父母和儿女，彼此变得可怕的陌生，如同我们想不到父亲是右派，父母也想不到我们会是什么样的人。母亲有一位战友，后来成为我们家的亲属，孩子们一律称之为“叔叔”。叔叔他出身工商地主，家中养有民团，解放军攻城之后，将他母亲正法。执行前夜，派母亲与叔叔谈话，做他思想工作。

妈妈说他很平静，情绪无甚波动。那时候，他们都是二十郎当岁的年纪，尤其我妈妈，幼年失怙恃，赤条条来去无牵挂。说别家事总是轻松的，现在，情形不同了。

红卫兵运动式微之际，姐姐她结识了一帮外校的学生，也不知怎么一拖二、二拖三，最终成群打伙。他们均为干部子弟，就读住宿制学校，说普通话，在这城市里，率先造反，呼啸过往。等浪潮平息，父母们则沦为"走资本主义道路当权派"，成革命对象，便坠入消沉，换以颓废的面目。他们偷自行车，动粗，爆料上层内幕，招惹女孩子。他们喜欢来我们家，多少因为——他们家不成家。父母被隔离审查，兄弟姐妹各奔生路，相忘于江湖。即便在此之前，他们过着一种集体性的生活，宿舍、食堂、公共澡堂，同样也没有常伦上的家庭概念。而我们家，保持着正常起居的秩序。一方面，他们时不时登门，另一方面，又极尽指责。指责我们不说普通话，而说上海话；指责我们实行私有制度，姐弟各有零用钱和糖果的储存；指责我们受保姆照顾，是旧时代的剥削的余孽。一句话，"小市民"。这话很伤了我们的自尊心，也指出一个事实，那就是，我们在不自觉中被环境同化，同化成庸俗的人生。"小市民"可不是庸俗的代名词？

革命——尽管处于低潮，这些占领者的子弟已被逐到边缘，仍然保持对日常人生的批判。而在彼方，成见依旧——邻家的保姆，前边说的，用金边细瓷碗单独用餐的那一位，对这一伙人长驱直入我们房子，心怀疑惧。这一伙人，明显感受到压力，他们说，这个“小市民”有一双恶毒的眼睛。这双眼睛警醒地看着他们，令人不安，终于，发起挑衅。这一日，他们中的一个到厨房取热水瓶添茶，他们在我们家就像在自己家，宾主不分，正与邻家保姆走了个对面。他揭开军大衣，露出腰间皮带上别着的手榴弹，龇牙一笑。我相信那至多是一枚教练弹，可保姆她大惊失色，更加肯定这是一帮危险人物。她将信息迅速传播，当然，最重要的，是向我母亲提出预警。

小市民的社会在一定程度上含有联盟的性质，潜在着某种规则，可说是道德，也可说是世故，更可能是人情之常。它维护人际关系，不至于太过倾斜而失衡。这一股保守的力量相当稳固，经久而不变，许多残破的时日是依凭它度过，再聚集起碎片，回复原状。我弟弟的奶妈，因看管不力，弟弟连连摔跤，鼻青脸肿，被父亲断然驱离。于一个奶妈的职业生涯算得上大辱，自此，便从奶妈一行绝迹。母亲单位有一名通讯员，也是迫于革命心切，联合奶妈给我们家张贴大字报，被邻居们阻拦。最权威的发言人就是那位“小市民”保姆，她说不成，就是不成。若干年后，奶妈回来看她的奶儿子，我的弟弟，与父亲迎头撞上，彼此客套，大有相逢一笑泯恩仇的意思。奶妈解嘲地说了一句：都是为了孩子呀！也许就是当初众人说服她歇手的理由。

弟弟的奶妈在我们家发生这一出的时候，原先的老保姆则经历着另一番遭遇。前面说过，因家中变故不得已停工，介绍她为越剧名流帮佣，却又出来，再去又一家，方才安顿下来。这一家亦是沪上著名文艺家，家道相当殷实，这已足够成为被制裁的对象，再加上旧式文艺路线代表人物身份，没商量的，第一波就是冲他们去。抄家、斗争、停薪、进牛棚，这一切还在普遍命运，不出大格；剧烈的暴力，却来自意料外的方向。他家三个女儿中，有两个在市区普通中学就读，照理这一类中学生源主要为中层市民，不在革命的主流，可是偏不巧，其中有一所是本身聚集了造反的原动力，还是机缘邂逅北京的红卫兵。那时候，人们谈到北京红卫兵不禁色变，我们家左邻，也就是昔日绸布庄老板家的孙辈，稍有北京人来沪的风声，立刻行动起来，将墨水瓶倒空，“北京人”喜欢将墨汁倾在床单，还喜欢听瓷器碎裂的脆响，于是陶瓷和玻璃器皿也需坚壁清野，心爱的玩物则向小伙伴我们转移。这家女儿所读的中学名字，可说是中国现代化的显学，会不会是因此得到启发，自觉有先驱的使命！年轻人的热情相当可怕，本来是盲目的，一旦获取名义，便失去制约。他们在老师同学中间搜索，到街上大字报上收集名单，或者挨家挨户，看见有认罪书一类的张贴，便破门而入。这一回，锁定的目标，就是同学。不晓得他们以什么身份举旗，这又全不重要，他们来了，总是有理，越申辩越有罪。老保姆向我们叙述这一切，浑身抖瑟。见多识广的她，经历过闸北轰炸，外白渡桥日本人的哨卡，白相人调戏，十六铺码头难民逃亡。每当红卫兵来到，她就坐在楼梯口，听里边响动，实在熬不过了，就兀自出门，到马路上转一圈，再回去。其实，就在这时候，我们的老阿姨，隐藏着一个大秘密，甚至我们，她的老东家，以至于我——她从四五岁带大，当她去了这一家，我几乎每个星期都会走过两站路去找她，因她牵线，我们姐妹俩与她们姐妹仨成了朋友——而这个秘密，她绝口不谈。直至风暴平息，回复正常，方才一点点透露。那就是关于这家的小女儿。

这孩子与我同年级，还在小学，其时生病住院，本已痊愈，准备出院回家，而老保姆将她藏匿起来。她到孩子母亲的单位求助，亦不知出于单位的态度，还是个人所为，总之，乱世里的恻隐之心。就这样，让老保姆带小女孩晚上在单位过夜，睡在乒乓桌上，白天，主仆二人便在公园游荡，终于躲过一劫。

红卫兵上门，他们苦心教育老保姆，守住立场，共同起义。老保姆的回答总是：我凭劳动挣饭吃。抑或反问：我不在这里做，你们能给我饭吃？然后再折回头：人要吃饭，就要劳动！围绕不超过劳动与吃饭，这两宗可是“宪法”赋予公民的基本权力。老保姆当然不会学习“宪法”，她只知道生存的道德。这一家和许多家一样，门户大敞，随时准备接受问询和搜查。这一日，又有一拨蜂拥而入，是大串联接待站人员，征收物质。来人将床上被褥一一卷走，老保姆迅雷不及掩耳，将最厚一床棉被往自己铺上一抱，说：这是我的！来人走后，这家师母抱住老保姆失声痛哭。

有时候，静下心想想，不禁感慨，这个城市的修复能力不同寻常。下一季节来到，街上悄然兴起另一轮时尚，变通于革命和典雅。色彩当然以灰、蓝、白为主，裤腿的尺寸，鞋尖的锐度都在法定之内，骑着边线。烫发已属违禁，但修理的层次依然流露革命前的遗韵，莫说还有自家的火剪与卷发纸。天气依循自然规律，更强大的法则，更替季候，转移阴晴，梧桐树生枝发条，绿叶蕤盛，铺一地林荫。她们姐妹来到我们家，那场风暴过去，我们又开始走动。我们总是向她们借《大众电影》画报，经数轮查抄，这一叠画报奇迹性地漏网，保存下来。她们则钟情我们的一台幻灯机，是我三舅舅自制，用废弃的电影胶片做幻灯片，投射墙上，其中就有她们父亲的作品。看着那一幅幅画面，恍惚间回到过去的，和平的，安乐的生活里。这一天，她们来我们家，是为修改一条裤子，将裤腿略加收缩。她们依然持有对衣着的品位，那大女儿风趣的性格也回到从前。我们家有一台缝纫机，家中并无擅长制衣的人，我们家总是盲目地添购财物。比如缝纫机；比如照相机，买来后再学习摄影；准备买唱机之前，先买来唱片。其时，是姐姐的同学上机操作，这却让那家女儿吃惊不小，在她们的经验里，“同学”是一种令人畏惧的社会关系，代表着政治正确和暴力革命。她们迟疑着不肯进屋，一再鼓励，迈入门来，看到的情景让她们又大大地吓一跳。一屋子的女孩子，姐姐的同学，十六七岁的妙龄，态度娴雅，静静地翻看《大众电影》。多么不合时宜啊！姐姐的同学，这个巧手女孩，自小被母亲教授女红，担负起父亲兄弟的针黹活计，她三下两下完成任务，还提出建议，彰显效果。她们姐妹告辞出门时，说：你们的同学怎么是这样的啊！就是这样，在我们看来，很自然。所以，遇到什么样的同学，全凭运气，是必然性中的偶然性。

现在，就要谈到这台缝纫机了。方才说了，这台缝纫机购买于我们家无计划经济时期，在弟弟奶妈执政家务中曾被使用。记忆中，还有一次，是请一位浙江女人上门，吃住几日，集中缝制衣物，似乎是以工作日计报酬的。除此，一直闲置着。如今，却又启封，开始走针引线。这一回的作业者，是我母亲。写作早二年已经停笔。先是“文化大革命”序幕式的“四清”运动，忙于社会实践，改造思想，接下来的1966年，出版社编辑部关门大吉，自此早九晚五，全日制革命和被革命。于一个文字者，无异于失业与赋闲。母亲时年刚过四十，精力还很旺盛，创作的欲望也在上升阶段，所以，热心缝纫更可能是一个移情。母亲无论教养还是生性，都与女红没有一点关系。她三岁丧母，父亲出走，跟随祖母，挣扎于饥寒，哪有一点针黹的闲情！祖母去世，曾进过一所英国教会孤儿院，日课里有习绣一项，含一点闺阁的意趣。无奈性子已经野了，只觉拘束得紧，于是逃跑出来，回到漂泊的日子。直至去到苏北新四军根据地，参加部队，方才有归宿。我以为，战争和军队特别适合流离失所中长大的人，它以“同志”的名义，将分散的个体聚集起来，从作战需要出发，划分上下梯级，左右并列，结构成秩序井然的组织单位，通常称“革命大家庭”，同时呢，保留着流动的不定的行动方式。艰苦和危险是不可避免的，随时准备牺牲，可年轻气盛，怕什么，相反，为之所吸引，尤其对那些劫后余生的人们。这样的粗犷的奔放的生活里，在我妈妈，却潜藏一丝娟秀格调，那就是喜爱文字。我母亲最爱提及越剧《红楼梦》里，黛玉焚稿的两句唱词："我一生，与诗书作了闺中伴，和笔墨结下骨肉亲"。做儿女的，往往不能想象父母的少年情景，可是，谁不是从青春走过来的，虽然家破人亡，可女儿心总是在的。我觉得当母亲伏在缝纫机上，一脚一脚踩着踏板，针嚓嚓走过布料，留下一行行线脚，就仿佛笔下生出一行行文字。这两项其实有一个共同的特质，类似禅修时的数珠，无论是死寂还是生寂，总之，安静，安静。

然而，我母亲对这台机器一窍不通，在向三楼外婆请教之前，她一直是钻到机器肚子里，用蛮力将皮带套上底盘，后来，外婆演示，脚踩踏板，带动转轮，手持皮带，顺势一送，上去了。仿佛魔术，看得她傻眼。再接着，顺针、逆针、来回针、上下针，这已经够她好一阵学的了；再是贴边、缲边、单边、双边；然后进入缝合，装袖、上领、克覆、裥褶；最后是裁剪，那简直是布里乾坤。为提供母亲试手的材料，我们姐妹不停地拆旧衣服，那都是母亲的旧裙子和旧旗袍，受布面限制，外婆伤透脑筋，可谓老革命遇到新问题。为迁就用料，不得不偏离经纬的走向，母亲才又知道纹理的厉害，你不顺着它，它永远和你对着干。做成的衣服，这里，那里，就是拧和皱。我的同学至今记得那时候我的衣着，真是难看啊！可母亲乐此不疲，越深入越发现学问大。尤其西式衣裤，是立体化思维，又不是抽象的立体几何，而是人体，几可涉及解剖学。右邻那一户医生人家，有一位女婿，也擅长剪裁，与外婆的经验主义不同，他从科学出发，这就有文艺复兴的意思了。他教给我母亲，人的肩膀不是直线，而是略向前倾，所以，衣襟的前片和后片就不能一式齐。这位高级工程师曾经用一块局促的布料为我裁制一件衬衫，在那个俭素的时代里，焕发出时尚的气息，从七十年代一直穿到八十年代。我母亲的缝纫课堂向弄堂扩大，“开门办学”，提供课程的除去这位先生，还有左邻里绸布庄老板的媳妇，我的不同级同学的妈妈。她长得很美，我家左右邻的媳妇都很美。那些年里，保姆都辞退了，由媳妇们承担内外家务。每周四早上，是爱国卫生日，街道弄堂都要洒扫庭除。此时，媳妇们便走出家门，参加公益劳动。她们穿着胶鞋，戴着袖套，用围巾扎起头发，朴素的装束更显出姿容，简直是丽人行。这一位媳妇不止教我妈妈缝纫，还教烹调，其中有一道“红烩排骨”，因是用番茄酱做配料，散发着华丽的橘色，调剂了我们酱色为主的菜系风格。

“大革命”的洪流中，堤坝溃决，我们被同一种力量驯化，这股力量就叫作日常生活。母亲不再干预我和邻里孩子交往。借用一句好莱坞电影《卡萨布兰卡》的台词，在这大时代里，三个人的关系算什么呢？我们手挽手，在弄前的淮海路上闲逛，悬铃木的枝叶织成林荫，果实吹垂落，飞絮飘扬，缓和了橱窗里的肃杀表情。我们正是发育的年龄，嘴特别馋，这就是都会城市的另一面，浮丽中的健康脾胃。我们有限的零用钱光顾的是几分钱一包的熟菱角；合作食堂——它们就开在面向大马路的弄口，三分钱一碗的牛肉清汤，偶尔地，买一盘两面黄炒面分而食之；两分钱盐金枣，一口气吃完喝一口凉水妙不可言。渐渐的，我们不好意思在街上吃东西，我们变得害羞，学会克制食欲，意味着长大成人。生活呈现严肃性，三楼外公得了癌症，这年头，得癌症的人很多，左邻里的浦东阿奶也是一个。三楼小姑娘学习打针，为外公注射吗啡。她又教会我，让我替妈妈打针。弄口私人打针护士的开业牌子在减少，直至消失。外公去世的那日，母亲推我上楼，让我把哭泣的小伙伴拉下来。又有一个夜晚，浦东阿奶去世，儿女们的哭声从后弄一路进来。黑着的窗口里是不眠的夜晚，压抑的咽声。那时节，人们的眼泪仿佛一触即发，这城市就像泡在眼泪里。晨光洗涤泪痕，太阳升起，广播体操的音乐里，沿街店铺的职员们在马路沿上，伸腿投臂，弯腰转胯，最后是，原地跳跃，新的一天又开始了。

2016 年 2 月 6 日　纽约